FELICES OTRA VEZ

BEVERLY BARTON

 HARLEQUIN™

Editado por HARLEQUIN IBÉRICA, S.A.
Núñez de Balboa, 56
28001 Madrid

© 2004 Beverly Beaver
© 2014 Harlequin Ibérica, S.A.
Felices otra vez, n.º 1969 - 19.3.14
Título original: Laying His Claim
Publicada originalmente por Silhouette® Books
Este título fue publicado originalmente en español en 2004

I.S.B.N.: 978-84-687-3976-2
Depósito legal: M-36249-2013
Editor responsable: Luis Pugni
Fotomecánica: M.T. Color & Diseño, S.L. Las Rozas (Madrid)
Impresión en Black print CPI (Barcelona)
Fecha impresion para Argentina: 15.9.14
Distribuidor exclusivo para España: LOGISTA
Distribuidor para México: CODIPLYRSA
Distribuidores para Argentina: interior, BERTRAN, S.A.C. Vélez
Sársfield, 1950. Cap. Fed./ Buenos Aires y Gran Buenos Aires,
VACCARO SÁNCHEZ y Cía, S.A.

Prólogo

El radiante sol de primavera entraba por las ventanas emplomadas de la vieja iglesia. Construida en 1834 por la familia más acomodada de Prospect, Alabama, la magnífica estructura de ladrillo había aguantado los envites del tiempo, incluso la guerra civil. Y tras varias restauraciones seguía en pie, siendo uno de los edificios más antiguos de la ciudad.

Aunque a veces se sentía fuera de lugar en la iglesia que había levantado la familia de su marido, Kate acudía fielmente cada domingo con Trent y su tía Mary Belle, la gran dama de Prospect y el castigo de su existencia.

Mary Belle no era abiertamente antipática con ella, todo lo contrario. Le sonreía, le daba palmaditas en la espalda y hablaba maravillas de Kate. Pero de una forma sutil, nunca la dejó olvidar que no merecía formar parte de la familia de Trenton Bayard Winston IV y, sin que nadie se lo pidiera, se dedicaba a darle consejos sobre cómo debía comportarse en cualquier situación.

Kate se negaba a que Mary Belle le estropease aquel bonito día, el primer domingo de abril, a su hija, Mary Kate. Quería que fuese perfecto para su hija de dos meses, la alegría de su vida. Aunque Mary Belle había elegido tanto su vestido como el de la niña y también lo que se serviría en el almuerzo.

Cada vez que le decía a Trent que debían marcharse de la mansión familiar, otro edificio histórico de principios del siglo XIX, él le daba un beso y le rogaba que fuese paciente con su tía:

–Sé que puede ser un poco pesada, pero lo hace con buena intención –le había dicho muchas veces–. Esta es mi casa, tu casa, y también la suya. Es como una madre para mí, Kate. ¿Cómo voy a dejarla sola? Además, tú sabes que ella nació y creció aquí. Como yo. Y aquí es donde quiero que crezcan mis hijos.

De modo que durante dos años, Kate tuvo que soportar a la tía Mary Belle, pero desde el nacimiento de la niña la situación había ido a peor. Aunque nunca lo había dicho en voz alta, estaba claro que, en su opinión, era ella y solo ella, quien tendría la última palabra sobre la educación de Mary Kate.

Kate llevaba dos meses sonriendo cuando le hubiera gustado ponerse a llorar. Se había mordido la lengua tantas veces para que hubiese paz en la casa que ya no podía contarlas, pero las cosas tenían que cambiar… y lo más pronto posible.

Quería tener su propia casa y aquella vez, cuando se lo plantease a Trent, no dejaría que la convenciese. Estaba loca por él, pero no pensaba pasar el resto de su vida siendo tratada como una cría ignorante.

–¿Por qué no volvemos a casa paseando? –le sugirió, al salir de la iglesia–. Sólo está a un par de manzanas y a la niña le vendría bien tomar el sol.

Quería estar a solas con su marido para mostrarle una casa en la avenida Madison, la casa Kirkendall. Llevaba años vacía y, aunque necesitaba algunas reparaciones, era preciosa. Debía de tener más de tres mil metros cuadrados, bastantes menos que Winston Hall, que presumía de sus diez mil metros sin contar el jardín.

–Hoy no, Kate. Sabes que la tía Mary Belle ha invitado al reverendo Faulkner y a su familia a comer…

–Por favor, Trent. No llegaremos tarde, te lo prometo.

–Pero hemos venido en mi coche. Recuerda que no quisiste venir con tía Mary Belle y…

–Dile a Guthrie que venga a buscarla –lo interrumpió ella–. Por favor. Esto es importante para mí.

Trent sonrió, pasándole un brazo por la cintura.

–Deja que lleve a Mary Kate en brazos. Cada día pesa más, ¿eh?

Riendo, Kate se puso de puntillas para darle un beso. Si le resultase tan fácil convencerlo para comprar la casa Kirkendall todos sus sueños se harían realidad. Soñaba con tener su propio hogar, un sitio donde no se sintiera como en un museo…

Entonces oyeron un carraspeo tras ellos.

–No es de buen gusto mostrar afecto en público.

–Kate y yo vamos a ir paseando a casa, tía Mary Belle –sonrió Trent–. Pero no te preocupes, no llegaremos tarde a comer.

–¿Y cómo vuelvo yo a casa? No tengo ningún deseo de ir andando –replicó Mary Belle, llevándose una mano enguantada al corazón.

Trent miró a su mujer.

–No podemos dejar que mi tía vaya andando, cariño. No le parece bien que las señoras suden.

–Yo no sudo –le corrigió ella–. Las señoras transpiran. No sudan.

–Dale las llaves del coche. Puede ir en…

–No estoy acostumbrada al coche de Trent –la interrumpió Mary Belle–. Odio conducir, pero si me veo obligada a hacerlo, prefiero mi Lincoln.

–Podrías hacer una excepción por una vez, ¿no? –Kate no tenía intención de perder aquella batalla. Había perdido demasiadas durante su matrimonio.

Quizá exageraba un poco, pero estaba harta de que la tía Mary Belle dirigiese su vida.

–Querida, ¿es tanto pedir que una anciana con tacones no tenga que volver a casa andando?

¿O que no tenga que conducir un coche que no le resulta familiar?

Kate dejó escapar un suspiro y Trent soltó una risita. Él adoraba a su tía y aceptaba sus cosas con buen humor. Una vez le dijo que conocía bien sus defectos y que nunca se la tomaba en serio. Además, la quería. Ella había sido madre y padre para él desde que sus padres murieron en un accidente cuando tenía doce años.

Trent tomó a su tía de la mano.

—Ven, iremos todos en el coche. Dejemos el paseo para después de comer, Kate.

«No», pensó ella. «Esta vez no pienso dar marcha atrás. Solo esta vez, ponte de mi lado. Por favor, Trent, no la dejes ganarme otra vez».

—Ve con tu tía, cielo. No queremos hacer nada que la disguste. Mary Kate y yo iremos paseando.

Después, se dio la vuelta y empezó a caminar.

—Kate —la llamó su marido. Pero ella siguió caminando—. ¡Kate!

«No grites, querido, es de mal gusto». Kate casi podía imaginarse el comentario de Mary Belle. Pero estaba demasiado lejos como para oír la conversación.

Iba tan deprisa que su hija empezó a hacer pucheros.

—¿Qué te pasa, cariño? ¿Voy demasiado rápido o te has dado cuenta de que estoy disgustada?

Mary Kate sonrió y ella le ajustó el gorrito rosa, del que se escapaban unos rizos rubios.

Si no podía enseñarle a su marido la casa de sus sueños, al menos podría enseñársela a su hija, pensó. Y estarían el tiempo que le diese la gana. Si llegaba tarde a comer, peor para ellos. Que protestase la tía Mary Belle, que esperasen el reverendo Faulkner y su mujer. Y si Trent se enfadaba, peor para él.

La casa Kirkendall estaba en una esquina de la avenida Madison y, según la inmobiliaria, había sido construida en 1924. Pintada de blanco, con el tejado de teja antigua, una valla rodeando el jardín y un porche amplio, no era una casa elegante, pero sí encantadora, la clase de hogar que Kate había soñado.

–Mira qué porche tan grande –le dijo a su hija–. Pondremos un balancín y un par de mecedoras para tomar el sol. ¿Qué te parece? Mira qué jardín tan grande, Mary Kate. Te haremos una casita para que puedas jugar y...

–¿Señora? –oyó una voz femenina tras ella.

Kate se volvió, sobresaltada. Frente a ella había una chica joven, alta y desgarbada.

–¿Sí?

–Perdone, no quería asustarla. Soy nueva aquí. Mi marido y yo nos hemos mudado desde Birmingham y he visto el cartel de se vende...

Kate se mordió el labio inferior. ¿Querían comprar la casa Kirkendall?

«No, por favor, esta es mi casa. Voy a vivir aquí con mi marido y mi hija. Tendrá que buscar otra».

–Esta casa es muy vieja y necesita muchas reparaciones. Seguro que encuentran algo mejor.

La joven iba en vaqueros, camiseta y zapati-
llas de deporte. Tenía el pelo corto y llevaba ga-
fas de sol, que no se quitó mientras hablaban.

–Quizá tenga razón. Mi marido preferiría
una casa en la que pudiéramos instalarnos enseguida, sin tener que llamar a los albañiles –dijo,
acariciando la carita de Mary Kate–. Es muy
guapa. ¿Qué tiempo tiene?

–Hará tres meses el día cuatro.

–Nosotros estamos intentando tener un niño,
pero… –suspiró la joven entonces, con expresión triste–. ¿Puedo tomarla en brazos?

Kate sintió pena por ella. Debía de ser horrible querer formar una familia y no poder hacerlo. Ella se había quedado embarazada enseguida, sin ningún problema.

–Espero que no se ponga a llorar –dijo, sonriendo–. Por cierto, me llamo Kate Winston y mi
hija se llama Mary Kate.

La joven tomó a la niña en brazos.

–Qué rica es… tu mamá tiene mucha suerte,
Mary Kate. Yo me llamo Ann Smith –entonces
dijo, mirando la casa–: ¿Es usted la propietaria?

–No, pero la verdad es que estoy interesada
en comprarla –contestó ella, observando los escalones de madera que llevaban al porche y la
puerta flanqueada por dos ventanas emplomadas–. Pensaba enseñársela hoy a mi marido y…

Entonces oyó llorar a Mary Kate y cuando se volvió, vio a la mujer alejándose por la acera. ¿Qué estaba haciendo?

–¡Oiga, vuelva aquí! –gritó Kate, corriendo hacia ella–. ¡Oiga, espere!

Con el corazón en la garganta, llegó a su lado y la agarró del brazo… pero entonces una mano tiró de ella, apartándola de golpe. Kate intentó luchar, pero no podía con el hombre que la tiró al suelo y le dio una patada en el costado.

–¡Sube al coche! –le oyó gritar.

Kate intentó levantarse, pero el hombre la golpeó con el puño en la cara varias veces. Cegada por la sangre, vio cómo metían a la niña en un coche y desaparecían a toda velocidad.

–¡Ayúdenme! ¡Socorro! ¡Por Dios, que alguien me ayude!

Aquello no podía estar pasando, se decía. Era imposible. Eso no podía ocurrir en Prospect, Alabama. Y no a ella, la señora de Trenton Bayard Winston IV.

–Mary Kate… –murmuró, con el rostro bañado en lágrimas.

Entonces oyó pasos y vio gente corriendo hacia ella. Cuando levantó la mirada, reconoció a Portia y Robert Meyer, que vivían cerca de la casa Kirkendall.

–¡Mary Kate! –gritó, abrumada de dolor–. ¡Se han llevado a mi hija!

Capítulo Uno

–¿Cuánto tiempo va a quedarse, señora? –preguntó el conserje del hotel.

–No estoy segura –contestó Kate–. Un par de días, quizá una semana. Siento no poder ser más específica. ¿Es eso un problema?

–No, en absoluto –contestó él–. En invierno el hotel no suele estar lleno y como estamos en enero, no hay ningún problema. Por supuesto, durante las vacaciones se llena y en mayo, durante la semana de los peregrinos, no queda una habitación libre.

Ah, sí, la semana de los peregrinos, uno de los momentos favoritos de Mary Belle Winston, cuando los miembros de la Sociedad Histórica actuaban como anfitriones para mostrar a los turistas los lugares históricos de la ciudad. La tía Mary Belle abría Winston Hall al público y hacía un tour vestida con ropa de época. Durante sus dos años de matrimonio con Trent, también Kate se había vestido de época, pero se sentía incómoda. Sabiendo que sus antepasados eran granjeros, pobres como ratas, dudaba que hubiesen llevado encajes como aquellos.

Kate sacudió la cabeza para apartar los recuerdos.

—¿Tienen servicio de habitaciones?

—No, señora, lo siento. Pero si quiere tomar algo, puedo ir a buscarlo a McGuire.

McGuire, la mejor barbacoa del sudeste de Alabama, decía el anuncio. Trent y ella habían comido allí muchas veces cuando eran novios.

—¿Sigue abierto?

—Sí, claro. ¿Ha estado antes en Prospect?

—Sí. Hace años.

—Pues me alegro de que haya vuelto, señora…

—Malone —dijo Kate, sacando la tarjeta de crédito.

—¿Tiene familia aquí, señora Malone?

—No… no tengo familia aquí.

A menos que contase un exmarido y su tía. O un par de primos lejanos.

—Puedo ir a McGuire, si quiere.

—Gracias, pero comeré más tarde.

—Muy bien, señora Malone —sonrió el hombre, sacando la llave de la habitación—. La habitación 104. ¿Quiere que lleve su bolsa de viaje?

—No hace falta, gracias —murmuró ella, mirando alrededor.

—La habitación está en el pasillo de la derecha.

—Ah, por cierto, ¿la familia Winston sigue viviendo en Winston Hall?

–¿Los conoce?

–Conozco a Trent Winston.

El conserje sonrió.

–Trent Winston conoce a todas las chicas guapas de Prospect y a la mitad de las que pasan por aquí.

–¿Ah, sí?

–Si lo conoce, sabrá que es verdad… claro que eso depende de cuándo lo conociera. En los últimos diez años se ha convertido en un auténtico galán. Desde que su mujer le dejó… ¿sabe usted lo de su hija?

Apretando los labios, Kate negó con la cabeza.

–Yo no vivía aquí entonces –siguió el conserje–, pero parece ser que secuestraron a su hija y su mujer lo abandonó. La gente dice que se volvió loca…

–Qué cosa tan horrible –lo interrumpió Kate. Ella sabía muy bien lo cerca que estuvo de perder la cabeza–. ¿Trent… el señor Winston y su tía siguen viviendo en Winston Hall?

–Sí, señora. La señorita Mary Belle sigue allí y, a pesar de la embolia que sufrió el año pasado, sigue siendo una de las pocas grandes damas de Prospect. El señor Winston ahora es juez del Tribunal Superior. Lo eligieron hace unos años… bueno, ya sabe, todas las mujeres de Prospect votaron por él.

Sin dejar de sonreír, Kate escapó del parlanchín conserje.

La habitación era pequeña, pero elegante. El hotel Magnolia había sido construido a principios de siglo y fue restaurado treinta años antes por el Ayuntamiento. La mayoría de los edificios de Prospect tenían historia, y mantener el pasado era importante para su gente. Pero el único pasado que le importaba a ella había tenido lugar hacía once años y nueve meses.

Un domingo de primavera, cuando le robaron a su hija.

Kate dejó la bolsa de viaje sobre la cama y colgó el abrigo de lana negra en el armario. Después de tantos años, le resultaba raro estar de vuelta en la ciudad sureña donde nació. Su padre murió en Vietnam y su madre volvió a casarse con un hombre llamado Dewayne Harrelson cuando ella tenía cinco años. Su infancia, aunque pobre, había sido feliz. Le encantaba vivir en una granja y no le importaba ayudar a su madre con las interminables tareas. Luego terminó el bachiller a los diecisiete años y consiguió una beca para ir a la universidad de Alabama. Como regalo de graduación, sus padres le regalaron un coche de segunda mano, un Chevy Impala azul, en el que debieron de gastarse todos sus ahorros.

Cuando estaba en la universidad, su madre murió de neumonía y seis meses después, su padrastro sufrió un infarto. Entonces descubrió que la granja estaba hipotecada y no pudo hacer nada para recuperarla. No tenía nada, sus padres no habían podido dejarle nada.

El último año de universidad fue terrible. No tenía dinero más que para comer y trabajaba en dos sitios, pero consiguió terminar la carrera con una calificación de *summa cum laude.*

La tía de su padrastro, Opal, la había invitado a pasar las navidades con ella en Prospect y Kate aceptó, encantada. Pero su viejo Chevy no aguantó y se quedó tirado a medio camino. Sola en la autopista 82, entre Montgomery y Prospect, estaba a punto de ponerse a llorar cuando apareció un resplandeciente Jaguar.

En cuanto Trent Bayard Winston IV salió del coche, el corazón de Kate se detuvo durante una décima de segundo, para después ponerse a latir como loco. Sabía quién era. Todo el mundo en Prospect lo conocía. Era el heredero de los Winston, descendiente de los fundadores de Prospect y estudiante de Derecho en la universidad de Alabama.

Y todo el mundo sabía que había empezado a trabajar en el bufete Winston, Cotten y Dickerson. El padre de Trent, su abuelo y su bisabuelo también habían sido abogados.

Trent la llevó a casa de su tía Opal aquel frío día de diciembre, y ni en sueños se habría imaginado Kate que un año después sería la señora de Trenton Bayard Winston IV...

Las campanas de la iglesia la devolvieron al

presente. Desde la ventana podía ver la plaza de Prospect donde estaban el ayuntamiento y los juzgados. A la izquierda, la farmacia y a la derecha el periódico de la ciudad, el *Prospect Reporter*. Al lado estaba el edificio que albergaba el bufete de Winston, Cotten y Dickerson, con más de cien años de antigüedad.

«El señor Winston ahora es juez del Tribunal Superior. Todas las mujeres de Prospect votaron por él».

Seguramente, después del divorcio, Trent volvió a ser el galán que había sido antes de casarse. ¿Y por qué no? Todas las solteras de Prospect y la mitad de las chicas de la facultad suspiraron de pena cuando se casó.

Kate se preguntó entonces por qué la habría elegido precisamente a ella cuando podría haberse casado con la mujer que quisiera. Ella estaba loca por Trent, naturalmente. Tanto que incluso en aquellos momentos, diez años después del divorcio, seguía queriéndolo. Pero no estaba allí para retomar su romance. Después de todo, aparentemente Trent no la amaba tanto como lo amaba ella. De ser así, el secuestro de Mary Kate no habría destrozado su matrimonio.

Kate dejó escapar un suspiro mientras entraba en el cuarto de baño para refrescarse un poco antes de ir a Winston Hall.

Quizá lo mejor sería llamar antes por teléfono... pero prefería un ataque por sorpresa. Sonriendo, pensó que después de tantos años seguía viendo cualquier encuentro con Mary Belle Winston como una batalla. Pero esa mujer ya no era su enemiga, ya no tenía poder sobre ella.

Aunque la tía Mary Belle no se alegraría de verla.

Cuando salió de Prospect, Kate tenía veinticuatro años y ahora tenía treinta y cinco. Ya no era la belleza que había atraído a Trent, pero seguía siendo atractiva. Y dura. Ahora tenía valor para enfrentarse no solo con Mary Belle sino para mirar a Trent a los ojos y decirle que ella había tenido razón y él estaba equivocado. Mary Kate, su hija, estaba viva.

«No puedes decirle que está viva», pensó. No tenía pruebas de que su hija fuera una de las tres niñas secuestradas en Alabama alrededor de la misma fecha once años y nueve meses antes. Pero las tres fueron vendidas a padres adoptivos y todas tenían dos o tres meses de edad cuando fueron secuestradas.

Kate tomó un sorbo de agua, intentando controlar el temblor de sus manos. «Calma, tranquilízate», pensó, mientras se ponía un poco de colorete y brillo en los labios.

Quizá debería comer antes. No había probado bocado desde que paró a desayunar en Memphis por la mañana. «Deja de buscar excusas para retrasar lo inevitable», le dijo una voce-cita interior.

De modo que sacó el abrigo del armario, se colgó el bolso al hombro y salió de la habitación. Cuando subió al coche de alquiler, un Mercury blanco, deseó poder llegar a Winston Hall en su propio coche, un lujoso Mercedes. La compra de ese coche había sido su única extravagancia. Vivía en un pequeño dúplex en Smyrna, a las afueras de Atlanta, y sus únicas joyas eran unos pendientes y una pulsera de oro. Durante los úl-timos diez años, el dinero que había ganado, pri-mero como policía en Atlanta y luego como agente para la prestigiosa empresa de seguridad Dundee, lo había gastado buscando a Mary Kate. Pero incluso con los recursos de la empresa de seguridad, se encontró en un callejón sin salida. No había ni rastro de la niña. A pesar de todo, Kate jamás abandonó la esperanza.

Aunque en el sur casi siempre tenían invier-nos suaves, aquel no era uno de ellos. Hacía frío y el cielo estaba cubierto de nubes. Segura-mente iba a nevar. Kate encendió la calefacción del coche y tomó la calle Mayor.

Sin pensar, giró en la avenida Madison y se acercó a la casa Kirkendall. Había sido restau-rada y la valla de madera que rodeaba el jardín, reemplazada por una nueva. En el porche había un balancín y un adorno navideño en la puerta, aunque faltaban tres semanas para las fiestas.

Alguna familia afortunada había comprado la casa de sus sueños. Y seguramente serían tan felices como ella anheló serlo con Trent y Mary Kate.

Kate tuvo que tragar saliva para deshacer el nudo que tenía en la garganta, pero no iba a llorar. No era momento para lágrimas. Cuando viese a Trent de nuevo, tenía que estar tranquila. Y demostrarle a Mary Belle que ya no la intimidaba.

–Adiós, casa de mis sueños –murmuró, mientras se alejaba.

Poco después llegó a Winston Hall, una magnífica mansión que presidía toda la manzana. Una verja de hierro forjado rodeaba la casa, con los portones siempre abiertos para recibir a la élite de Prospect. Había olvidado cuánto odiaba aquella casa y lo infeliz que la hizo la tía de su exmarido durante sus dos años de matrimonio.

«No mires atrás», se dijo a sí misma. «Nada puede cambiar el pasado».

Después de respirar profundamente, Kate salió del coche y miró el reloj. Las cuatro en punto. Haciendo acopio de valor, llamó al timbre. Apenas reconoció al hombre que abrió la puerta. Su pelo, una vez gris, se había vuelto blanco.

–¿Guthrie?

–Sí, señora –contestó el hombre, mirándola con atención–. ¡Señora Winston! Es usted, ¿verdad? Dios mío, qué alegría volver a verla.

–Hola, Guthrie, ¿cómo estás?

–Más o menos –contestó el hombre–. Usted está muy bien, señora Winston. No parece que haya pasado un solo día desde que se marchó.

Kate sonrió. Guthrie y ella siempre se habían llevado bien. El hombre trabajaba en la casa desde que era un crío. Primero como ayudante del mayordomo, como chófer y como mayordomo después, encargándose de que el personal de servicio, una cocinera y una doncella para Mary Belle y dos señoras de la limpieza que no vivían en la casa, hicieran su trabajo.

–Soy mucho mayor. Diez años mayor.

–¿Tanto tiempo? –sonrió Guthrie. Entonces se dio cuenta de que la tenía esperando en la puerta–. Por favor, entre, señora Winston.

–Gracias.

La casa había cambiado poco. El mismo suelo de mármol, la misma escalera en forma de espiral en medio del vestíbulo repleto de antigüedades que habían pertenecido a la familia Winston…

–Nunca pensé que volvería, aunque recé para que así fuera. El señor Trent…

–He venido a verlo. ¿Está en casa?

–Sí, señora. En su estudio –contestó el hombre, mirando hacia la escalera–. La señorita Mary Belle está descansando.

–A lo mejor tengo suerte y puedo marcharme antes de que se despierte –sonrió Kate.

Guthrie disimuló una risita.

–¿Quiere que la anuncie?

–Como ya no tengo que darle explicaciones a la Sociedad de las Buenas Maneras –dijo ella, mirando hacia la escalera–, ¿por qué no entro en el estudio sin avisar?

El mayordomo sonrió de nuevo.

–La hemos echado de menos, señora Winston. Muchísimo.

–Gracias –murmuró ella, sin saber qué decir.

«¿La hemos echado de menos?». No podía referirse a Trent. No, claro que no. Trent estaba ocupado conquistando a todas las jovencitas de Prospect... Pero, ¿y si había encontrado a alguien especial?

–Guthrie, Trent no... no ha vuelto a casarse, ¿verdad?

–No, señora.

–¿Está comprometido?

–No, señora. ¿Y usted?

–No. Ni casada ni comprometida.

–Recuerda usted el camino hasta el estudio, ¿verdad?

–Claro.

–Ojalá se quedase, señora Winston –suspiró el mayordomo. Después, se alejó por el pasillo, ahorrándole una respuesta.

El estudio estaba en el primer piso, frente a uno de los salones en los que solían recibir a los invitados. Pero la puerta estaba cerrada. ¿Habría echado la llave? Trent solo cerraba el estudio con llave cuando hacían el amor allí, sobre la alfombra, frente a la chimenea. O sobre el escritorio jacobino. O en el sofá de piel.

«No te hagas esto a ti misma. Deja de recordar cómo era cuando estabais enamorados», se dijo.

Pero era imposible no recordarlo. Se sentía sola, tan sola… Había salido con algún hombre durante los últimos cinco años, pero jamás volvió a enamorarse. Había querido amar a alguien, rezaba para entregarle su corazón a otro hombre, pero no fue posible.

Nerviosa, Kate levantó la mano y golpeó la puerta.

–Entra –dijo Trent.

El sonido de su voz la hizo sentir un escalofrío. Tenía un suave, perezoso acento del sur que siempre le había parecido muy sexy. Pero todo en Trent Winston le parecía sexy. Y seguramente seguiría siéndolo.

Kate abrió la puerta y lo encontró sentado frente a la chimenea, de espaldas. Llevaba un jersey de cachemir de color beis. A pesar de haber modernizado la casa con calefacción, siempre hacía frío en Winston Hall.

–Hola, Trent –dijo Kate, con un nudo en la garganta. Él no se movió. No hizo un solo gesto–. Lamento no haber llamado antes, pero…

Entonces él se levantó de un salto.

–¿Kate? Dios mío, eres tú.

–Sí, soy yo.

Trenton Bayard Winston IV había cambiado. Sus hombros parecían más anchos y tenía arruguitas alrededor de los ojos y la boca. Su pelo, antes oscuro, estaba salpicado de canas, sobre todo en las patillas. Pero seguía igual de guapo que antes, quizá incluso más. La madurez le sentaba bien.

–Ha pasado mucho tiempo –dijo él por fin.

–Han pasado diez años desde el divorcio.

–¿Qué te trae a Prospect?

–Asuntos personales –contestó Kate.

–No sabía que tu familia siguiera viviendo aquí.

–No, mis parientes han muerto.

Trent siguió mirándola con curiosidad.

–Estás… estás muy guapa. Los años te sientan bien.

–A ti también.

–¿Quieres una copa? –sonrió él, señalando el bar.

–No, gracias.

Apenas podía contener el deseo de tocarlo, de darle un abrazo… pero ninguno de los dos se movió.

–Has dicho que estás en Prospect por asuntos personales. Y como estás en Winston Hall, supongo que esos asuntos personales me conciernen a mí –dijo Trent por fin.

–Sí, te concierne a ti –suspiró ella, aclarándose la garganta–. Trabajo para la empresa de seguridad Dundee. Es una empresa de seguridad e investigación de Atlanta.

–¿Eres investigadora?

–Sí. Y antes trabajé en el cuerpo de policía.

Trent sacudió la cabeza.

–Debes de haber cambiado mucho. No puedo imaginar a mi dulce Kate ni como policía ni como investigador privado.

¿Su dulce Kate?

«Maldita sea, Trent, no he sido tu dulce Kate desde hace más de diez años».

–Recientemente, me enviaron a Maysville, Mississippi, una ciudad a una hora de Memphis –explicó ella–. Habían secuestrado a un niño de dos meses. Era hijo de mi compañero.

Trent se puso pálido.

–¿Trabajas en ese tipo de casos?

–En este sí. Fui a Maysville para ayudar a la familia a pasar el trance.

–¿Qué fue del niño? –preguntó él, con los dientes apretados.

–Lo encontraron y se lo devolvieron a sus padres –contestó Kate.

–Me alegro por ellos –murmuró Trent, dándose la vuelta.

–Los agentes del FBI que trabajaban en el caso llevaban mucho tiempo en la zona. Por lo visto, habían detectado a una banda de secues-

tradores que llevaba doce años raptando niños…

Trent se volvió entonces, furioso.

–¡Maldita sea, Kate, no creerás que Mary Kate
fue secuestrada por esa gente! Esperaba que, después de tantos años, habrías aceptado que hemos perdido a nuestra hija para siempre.

Kate apretó los dientes para controlar las lágrimas.

–Dante Moran era el agente encargado de la
operación. Es un profesional objetivo y cree que
existe una posibilidad de que Mary Kate sea una
de las tres niñas secuestradas al sur de Alabama
el mismo mes y el mismo año que ella.

Su exmarido dejó escapar un suspiro.

–Ya.

–Cientos de niños fueron vendidos a padres
adoptivos durante estos once años. Esa gente
tiene un archivo de cada niño en el que anotan
la ciudad, la fecha del secuestro y la fecha en la
que fue vendido a los padres adoptivos. El FBI
está buscando a los padres biológicos…

–¿Y ese tal Moran cree que Mary Kate podría
ser uno de ellos?

Kate asintió con la cabeza.

–Hay tres niñas de once años que fueron en-
tregadas a padres adoptivos en el mes que Mary
Kate fue secuestrada. El FBI ya tiene su partida
de nacimiento y necesitan una muestra de ADN.

–¿Y si ninguna de esas niñas es Mary Kate?

¿Por fin te convencerás de que no hay nada que hacer?

—Por favor, Trent, intenta creer en la posibilidad de que Mary Kate está viva. Si pudiéramos encontrarla…

—¿Qué? Aunque ocurriera un milagro, ¿qué podríamos hacer, arrancarla de los brazos de la única familia que conoce? Y si lo hiciéramos, ¿qué podríamos ofrecerle, unos padres divorciados que pelean por conseguir su custodia? —Trent empezó a pasear por el estudio, como un león enjaulado—. No, no quiero oír nada más. Mi hija está muerta. Lleva once años muerta.

—No digas eso. Mary Kate está viva. Y yo voy a encontrarla. He venido porque pensé que querrías ayudarme, pero ya veo que no. Siento haberte molestado.

Kate salió del estudio y corrió por el pasillo con los ojos llenos de lágrimas. Luego subió al coche y pisó el acelerador para marcharse de allí lo antes posible. Pero cuando cruzaba el portalón de hierro miró por el retrovisor y vio a Trent en el porche, con los hombros vencidos.

Capítulo Dos

Kate se hizo una taza de té. Siempre llevaba una cajita de Earl Grey cuando tenía que viajar y, en su trabajo, eso ocurría a menudo. Con un albornoz de color fresa encima de un pijama del mismo tono, salió del baño y se dejó caer sobre la cama.

Después de dejar la taza con el emblema del hotel Magnolia en la mesilla, tomó el mando de la televisión. Le sonaba el estómago, recordándole que no había comido desde la mañana, pero estaba tan furiosa cuando salió de Winston Hall que no habría sido capaz de probar bocado.

«Mi hija está muerta. Lleva once años muerta». Las palabras de Trent se repetían una y otra vez en su cabeza… y en su corazón.

Su firme convicción de que Mary Kate estaba muerta y la certeza de Kate de que estaba viva había sido lo que rompió su matrimonio. Por supuesto, no ayudó nada que ambos se culparan del secuestro ni que ella sufriera una crisis nerviosa. Y las constantes intromisiones de Mary Belle solo habían añadido leña al fuego que destruyó toda esperanza.

¿Por qué se había molestado en volver a Prospect? Debería haber imaginado que ni siquiera la probabilidad de encontrar a Mary Kate con vida haría que su exmarido cambiase de opinión. ¿Por qué no quería encontrar a su hija?, se preguntó, suspirando. Nunca lo entendería.

Dante Moran, una persona totalmente neutral, creía en la posibilidad. ¿Por qué no podía creerla Trent?

Kate tuvo que morderse los labios, sintiendo como si una garra le apretara el corazón.

«Mary Kate está viva». Siempre había sabido eso en su fuero interno. Y en unas pocas semanas podría volver a verla, tocarla, abrazarla, decirle cuánto la quería.

De nuevo, las palabras de Trent la atormentaron: «Aunque ocurriera un milagro, ¿qué podríamos hacer, arrancarla de los brazos de la única familia que conoce? Y si lo hiciéramos, ¿qué podríamos ofrecerle, unos padres divorciados que pelean por conseguir su custodia?».

Desde que Moran le habló de la posibilidad de que su hija fuera una de esas tres niñas había soñado con tenerla en sus brazos otra vez, apartando cualquier pensamiento negativo. Pero Trent le había recordado la realidad de la situación: su hija había sido criada por otra familia, unos padres a los que querría y de los que no desearía separarse. ¿Cómo iba ella a encontrar un sitio en la vida de Mary Kate?

Kate cerró los ojos, con el corazón desgarrado. Su hija ya no se llamaría Mary Kate. Sus padres adoptivos le habrían puesto otro nombre...

«¿Y si lo hiciéramos, ¿qué podríamos ofrecerle, unos padres divorciados que pelean por conseguir su custodia?».

¿No era suficiente saber que su hija podría estar viva?, se preguntó. ¿No era suficiente con verla? Tendría que serlo.

El agente Moran le había dicho que el caso se convertiría en una pesadilla legal en cuanto los padres adoptivos de Mary Kate fueran informados de la situación. Tanto ellos como los padres biológicos tendrían derechos sobre la niña, habría que contratar abogados, tendrían que pelear en los tribunales...

¿Qué haría si Mary Kate fuese una niña feliz, con hermanos y hermanas?

«Deja de torturarte de esa forma», pensó Kate. Tendría que ir paso a paso. Lo primero era encontrarla.

Suspirando, tomó un sorbo de té. Curiosamente, fue Mary Belle quien le enseñó a disfrutar del té inglés. En realidad, debía admitir que no todos los recuerdos que tenía de Mary Belle Winston eran malos. Aunque odiaba que la criticase constantemente, también le había enseñado muchas cosas.

Pero, ¿para qué perder el tiempo pensando

en ella? No volvería a verla. Saldría de Prospect a primera hora de la mañana y se quedaría en Memphis para seguir con la investigación sobre el paradero de su hija. Trent podía hacer lo que le diese la gana, ella había cumplido con su obligación: informarle.

Cuando estaba empezando a relajarse, alguien llamó a la puerta de la habitación. ¿Trent? ¿Por qué iba a ser él?, se preguntó, irritada consigo misma.

Pero no. No era Trent. Era Mary Belle Winston. La última persona a la que quería ver.

«Vete y déjame en paz. No quiero hablar contigo».

–¿Puedo pasar?

Kate miró a la tía de Trent, la miró de verdad, y se sorprendió al ver cuánto había envejecido. Su pelo, antes rubio, ahora era blanquísimo. Nunca había sido una mujer guapa, pero sí atractiva y muy elegante.

–Muy bien, pasa –murmuró, observando el bastón en el que tenía que apoyarse.

–Qué maneras –protestó la anciana–. Deberías haber dicho: «Pasa, por favor, tía Mary Belle…».

–¡No me des una charla! –la interrumpió Kate.

Mary Belle Winston la miró de arriba abajo.

–Veo que no has cambiado.

–Y tú tampoco.

–Te equivocas, querida. Quizá no he cambiado mucho por fuera. Sigo siendo una de las damas de la buena sociedad de Prospect y sigo siendo la machacona y dominante solterona que se mete en la vida de su sobrino. Pero ahora soy capaz de admitir cuándo me equivoco y... y me equivoqué contigo, Kate.

Ella la miró, incrédula.

–¿Por qué has venido?

–Eso mismo iba a preguntarte yo. ¿Por qué has vuelto a Prospect después de tantos años? ¿Y qué quieres de Trent?

–¿No te lo ha contado él?

–No me ha dicho nada. De no haber estado asomada a la ventana ni siquiera me habría enterado de que fuiste a casa. Naturalmente, interrogué a Guthrie y él me contó que hablaste con Trent durante unos minutos y luego saliste del estudio como alma que lleva el diablo. Pensé que Trent...

–¿Me habría seguido? –la interrumpió Kate–. ¿Tienes miedo de que intente quitártelo otra vez?

–Veo que estás muy amargada –suspiró Mary Belle–. Y no te culpo. Pero esperaba que, después de tantos años, hubieses dejado de odiarme.

Confusa, Kate apartó la mirada.

–Trent no me ha seguido, no está aquí. Y no tengo intención de volver a verlo antes de marcharme de Prospect.

–Una pena –suspiró la anciana, moviendo la cabeza.

–¿Qué quieres decir?

–Solo se me ocurre una razón para que hayas vuelto a Prospect… tú sabes algo de nuestra Mary Kate, ¿no es así?

Kate tuvo que tragarse la emoción. A pesar de todos sus defectos, Mary Belle tenía una buena cualidad: adoraba a su sobrina nieta. La quería sin egoísmos, profundamente.

–Vine a Prospect para decirle a Trent que existe una posibilidad de que hayan encontrado su paradero.

Mary Belle se llevó una mano al corazón.

–Entonces, ¿está viva?

–Yo creo que sí. Nunca pensé que mi hija hubiera muerto.

–Por favor, cuéntamelo todo.

–Muy bien. Siéntate, por favor.

Cuando terminó el relato, Mary Belle sacó un precioso pañuelo de encaje del bolso y se enjugó las lágrimas.

–Mi sobrino es muy testarudo, lo sé. Y sé también que no querrá creer que una de esas niñas es Mary Kate. Y aunque fuera así, pensará que es demasiado tarde.

Kate la miró, sorprendida.

–Veo que lo conoces muy bien.

–Sí, y por eso sé que cambiará de opinión.

–Lo dudo. Trent nunca cambia de opinión. Una vez que ha tomado una decisión…

–Sigue siendo testarudo, pero no tanto como

antes. Y ya no es ni tan arrogante ni tan egoísta –la interrumpió Mary Belle–. Perder a Mary Kate... y perderte a ti lo cambió por completo. En cierto modo a mejor, en otro, a peor. Pero te aseguro que cambiará de opinión.

–Te daré mi número de móvil, por si acaso quiere ponerse en contacto conmigo –suspiró Kate.

Aunque era absurdo. No quería saber nada de él. Lo último que necesitaba era verlo de nuevo, sentirse emocionalmente atraída por un hombre que la odiaba. Había hecho lo que tenía que hacer, darle la información. Si él quería seguir creyendo que su hija estaba muerta...

–Te agradezco que hayas hablado conmigo –dijo entonces la anciana, levantándose con la ayuda del bastón–. Habría entendido que me dieses con la puerta en las narices.

–No...

–Haga lo que haga Trent, por favor, mantenme informada –la interrumpió Mary Belle–. Si Mary Kate está viva... tengo que saberlo.

–Y sabes también que no tienes ningún derecho legal a interferir en las decisiones que yo tome sobre mi hija, ¿verdad?

–Kate, solo quiero saber si está viva. Aunque nunca pueda verla... –a Mary Belle Winston se le quebró la voz–. Solo una llamada de teléfono, una sola llamada. Solo pido eso.

–Muy bien, si una de esas niñas es Mary Kate, te lo haré saber.

–Gracias.

Kate la vio alejarse por el pasillo, sin mirar atrás. Guthrie la esperaba en el vestíbulo para ayudarla a bajar los escalones de la entrada.

¿Qué había pasado?, se preguntó. ¿La edad habría suavizado a la anciana metomentodo? ¿O habría representado un papel para conseguir lo que quería? Pero daba igual. Ya no tenía que obedecerla.

Kate apagó la luz y se quitó el albornoz antes de meterse en la cama. Pero no podía dormir. Los recuerdos la asaltaban… recuerdos ingratos, dolorosos.

La primera vez que Trent y ella hicieron el amor. Su elegantísima boda, coordinada por la tía Mary Belle. Sus ruegos para irse de Winston Hall, el día que nació Mary Kate. Amor, felicidad, frustración. Tantas emociones. El día que su hija fue secuestrada. Miedo, ira, angustia.

Kate tuvo que cerrar los ojos, con el corazón roto, como si hubiera ocurrido ese mismo día, como si acabara de perder a su hija y al hombre que amaba. Como si acabara de perderlo todo otra vez. Muy pocas veces se permitía a sí misma un gesto de autocompasión, pero aquella noche quizá tenía derecho.

Trent conducía su Jaguar a gran velocidad. Casi nunca usaba ese coche porque le despertaba muchos recuerdos de su vida con Kate. Llevaba diez años intentando quitársela de la cabeza y estaba casi convencido de haberlo logrado.

Había tardado mucho tiempo en perdonarla y más en olvidar y seguir adelante con su vida. Incluso recientemente consideró la posibilidad de volver a casarse.

Hasta entonces había evitado las relaciones serias como si fueran la peste, pero después de salir un año con Molly Stoddard, se había convencido a sí mismo de que ella era el tipo de mujer que necesitaba. De buena familia, abogada, Molly se mudó a Prospect con sus dos hijos tras la muerte de su marido y empezó a trabajar en el bufete de Winston, Cotten y Dickerson. Conocían a la misma gente, tenían muchas cosas en común, las mismas aficiones… Y le gustaban sus hijos, Seth, de ocho años, y Lindy, de diez.

«Pero no estás enamorado de Molly», pensó. Como había pensado tantas veces. En realidad, casi era mejor que no estuviesen enamorados. Pero se apreciaban, se respetaban el uno al otro y disfrutaban de una buena amistad.

Trent había estado tan enamorado de Kate que ella lo consumió por completo. Nunca había sentido por una mujer lo que sintió por ella.

«Y mira cómo ha terminado», pensó.

Se habían hecho mucho daño el uno al otro.

Él la había decepcionado y ella le arrancó el corazón cuando se marchó.

Y le seguía doliendo. Nunca había dejado de dolerle.

Quería pensar que le era indiferente, que ya no significaba nada para él, pero los recuerdos no le dolerían tanto si no sintiera algo.

¿Qué sentía por Kate?, se preguntó. Desconfianza, rabia. Pero la atracción sexual, tan poderosa una vez, no había desaparecido. Le gustaría negarlo, pero era imposible.

Daba igual. Para evitarlo, lo único que tenía que hacer era no volver a verla.

«¿Y tu hija? ¿Qué pasa con Mary Kate?», le preguntó una voz interior. «Está muerta», se dijo. Y no dejaría que Kate le contagiase su entusiasmo. Que ella creyera en los milagros, él no pensaba hacerlo. Para él, ese sueño de Kate era una pesadilla.

Unos meses después del secuestro, se dio cuenta de que solo podría sobrevivir si olvidaba a su hija. Los agentes del FBI encargados del caso le dijeron que, si no la encontraban en menos de un mes, podía darla por desaparecida para siempre. Y eso había hecho.

Kate no. En cierto modo, su mujer había sido mucho más fuerte que él, a pesar de la crisis nerviosa. Incluso ahora, después de once años, seguía aferrándose a la esperanza de encontrar a su hija.

Trent no pudo decirle once años antes que la razón por la que había decidido no tener esperanzas era porque no tenía valor para enfrentarse a la vida, preguntándose dónde estaría su niña, qué le estaba pasando, si estarían cuidando bien de ella... Había elegido el camino más fácil pensando que Mary Kate estaba muerta.

¿Y si Kate tenía razón?, se preguntó entonces. ¿Y si los agentes del FBI la habían localizado? ¿No quería ver a su hija? ¿No quería comprobar que vivía con unos padres adoptivos que la querían, que no había sufrido?

En ese momento le sonó el móvil.

–Trenton Winston –contestó, aclarándose la garganta.

–Kate está en el hotel Magnolia... se ha registrado con su apellido de soltera –le dijo su tía Mary Belle–. Y te sugiero que vayas a verla esta noche porque creo que se marcha por la mañana.

Antes de que Trent pudiera contestar, su tía colgó. ¡Qué mujer tan irritante! ¿Cómo había sabido que Kate estaba en Prospect? ¿Se lo habría contado Guthrie? ¿Habría ido a ver a Kate? Y si era así, ¿cómo habría sido el encuentro?

Trent supo entonces lo que tenía que hacer, lo que quería hacer. Por mucho que lo negase, si su hija estaba viva, quería saberlo. Ahora era mayor, quizá más sabio y, desde luego, más fuerte que once años antes. Pasara lo que pasara podría soportarlo y, quizá esa vez, sería capaz de ayudar a su mujer… su exmujer. La debía eso al menos. Porque hacía once años había fracasado miserablemente.

Veinte minutos después, aparcaba el Jaguar frente al hotel Magnolia y se dirigía a la entrada. Cuando el frío de la noche le golpeó en la cara, Trent se subió el cuello de la chaqueta.

–Buenas noches.

–Buenas noches, juez Winston –lo saludó el conserje.

–Creo que la señora Malone está hospedada aquí.

–Así es, en la habitación 104.

–Pensaba que no podían informar de eso a los extraños –murmuró Trent, con el ceño fruncido.

–Normalmente, no. Pero como la señora Malone es su exmujer y usted es quien es… la señorita Mary Belle dijo…

–¿Mi tía ha venido a verla?

–Sí, señor. Se marchó hace media hora y, antes de salir, me dijo que seguramente vendría usted a visitar a su mujer… su exmujer.

Trent asintió, mirando alrededor.

–¿Dónde está la habitación?

–En el pasillo de la derecha –contestó el conserje.

–Gracias.

Nervioso e inseguro, Trent buscó la habitación 104 y levantó la mano para llamar, pero tuvo un momento de vacilación. Una vez que hubiese llamado a la puerta no habría marcha atrás...

Llamó varias veces, pero no hubo respuesta. Entonces volvió a llamar, con más energía.

Enseguida oyó ruido en el interior de la habitación y luego unos pasos. La puerta se abrió y Kate lo recibió en pijama, con el pelo rubio despeinado y el rostro sin gota de maquillaje.

Y que Dios lo ayudase, pero era la mujer más sexy que había visto en su vida.

Trent se quedó mirando aquellos grandes ojos azules y se le hizo un nudo en el estómago. Recordaba muy bien la primera vez que aquellos ojos se habían clavado en él. Si era sincero consigo mismo, debía reconocer que nunca había querido a nadie más que a Kate Malone.

—Quiero ayudarte a encontrar a Mary Kate.

Ella lo miró, incrédula.

—Quieres... ¿me estás diciendo que crees en la posibilidad de que nuestra hija esté viva?

—Ya no sé qué creer —admitió él. Lo único que sabía era que no quería que su exmujer pasara sola por aquello. Pero no podía decírselo—. Podemos portarnos de forma civilizada el uno con el otro, ¿no? Podemos hacer esto como los padres de Mary Kate, no como... No tenemos que hacernos más daño del que ya nos hemos hecho.

–Estoy de acuerdo –dijo ella, después de aclararse la garganta–. Si te parece, puedes venir a buscarme mañana a las ocho de la mañana. Si vamos a Memphis en tu coche, devolveré el mío a la agencia de alquiler.

Trent asintió. Allí, inmóvil, con aquel pijama, Kate Malone era la tentación personificada.

Pasar días, quizá semanas con ella iba a ser una tortura.

–Gracias –murmuró, alejándose antes de sucumbir a la tentación de estrecharla en sus brazos.

Capítulo Tres

Kate no había dormido bien, pero sabiendo que necesitaba reunir fuerzas, tomó un buen desayuno en una cafetería cercana al hotel. Afortunadamente, nadie la había reconocido. Por lo visto, los chismosos de Prospect aún no habían descubierto que la exmujer de Trenton Winston estaba en la ciudad.

Las nubes del día anterior se habían disipado, pero seguía haciendo mucho frío. Por eso, antes de salir de la cafetería, se puso los guantes y la bufanda.

Cuando se acercaba al hotel Magnolia miró el reloj, las 7:53. ¿Aparecería Trent? Por supuesto. Si no quisiera ir con ella a Memphis, no habría ido a verla la noche anterior.

Mientras daba vueltas y vueltas en la cama, mil recuerdos la asaltaron. Recuerdos del pasado mezclados con el presente y con sueños surrealistas del futuro. Si los sueños se hicieran realidad, ¿qué pediría? Quería ser la madre de Mary Kate. Eso por descontado. Pero, ¿querría volver a ser la esposa de Trent? Quizá, en lo más profundo de su corazón, existía ese deseo aunque no quisiera reconocerlo.

Pero los sueños, sueños eran. Tenía que enfrentarse a la realidad. Y Trent tenía razón: aunque encontrasen a Mary Kate, ya era demasiado tarde. Tenía que aceptar ese hecho para proteger la felicidad de su hija.

Un Bentley último modelo estaba llegando a la entrada del hotel cuando Kate cruzaba la calle. Enseguida reconoció al conductor. A las ocho, incluso unos minutos antes. Trent salió del coche y la saludó con la mano, pero Kate no aceleró el paso. Había corrido hacia él con los brazos abiertos miles de veces en el pasado, pero ya no. Ya no era la cría que fue una vez. El tiempo y las circunstancias la habían cambiado por completo.

–He guardado la bolsa de viaje en mi coche –le dijo, a modo de saludo–. Si me sigues hasta la agencia...

–No hace falta. Guthrie se encargará de todo –la interrumpió Trent–. Si me das las llaves, yo mismo iré a buscar la bolsa –añadió, abriendo la puerta del Bentley.

Ordeno y mando. Durante su matrimonio, Trent siempre había tomado todas las decisiones, sin dejarla protestar. «No te pelees con él, elige tus batallas. No merece la pena discutir por esto».

–Muy bien. Gracias –murmuró, sacando las llaves del bolso antes de entrar en el coche.

Olía a lujo. Auténtica piel y auténtica madera. Le resultaba raro que Trent, que amaba los coches deportivos, condujese aquel coche tan señorial. Quizá era el de Mary Belle, pensó. Aunque seguramente la tía de Trent ya no podría conducir. Además, ella prefería que Guthrie la llevase a todas partes.

Unos minutos después, Trent volvió con la bolsa de viaje.

–¿Lista?

–Sí.

–¿Has desayunado?

–Sí, aquí al lado –contestó Kate.

–Entonces no tenemos que parar hasta la hora del almuerzo. ¿Quieres elegir la ruta? Tenemos por delante ocho horas de viaje, vayamos por Tupelo o por Decatur.

Kate sonrió, sorprendida de que le hubiese pedido opinión. Trent Winston se había convertido en un desconocido.

–Tú conduces, elige tú.

–Si durante el viaje me pongo pesado, puedes darme un golpe en la cabeza.

Ella sonrió de nuevo. Al menos, conservaba el sentido del humor.

–Lo tendré en cuenta. Y no te sorprendas si lo hago. Ya no soy la manipulable e ingenua cría enamorada que era cuando me casé contigo.

–Puede que fueras una cría ingenua y enamorada, pero nunca has sido manipulable –murmuró Trent, arrancando el Bentley–. Si no recuerdo mal, había veces que ni yo ni mi tía Mary Belle podíamos convencerte de algo.

La sonrisa de Kate desapareció al recordar cuán trágicamente había terminado su pequeña rebelión de aquel domingo de primavera.

–No me refería a eso –dijo Trent entonces, como si le hubiera leído el pensamiento–. Me refería a otras ocasiones, en las que era imposible hacerte cambiar de opinión.

–Me parece que tú y yo recordamos el pasado de forma diferente.

–Algunas cosas quizá, pero…

–¿Pero qué?

–Nada. Creo que es mejor no hablar del pasado.

–Estoy de acuerdo. Recordar el pasado no es algo que me haga muy feliz.

Mientras él miraba la carretera, Kate lo estudió. Era un hombre muy guapo. Tenía la nariz un poco prominente y la boca demasiado ancha, pero la edad le había dado un aire de distinción. La distinción que el dinero y los privilegios otorgan a un hombre de casi cuarenta años.

–¿Desde cuándo eres juez del tribunal superior?

–Desde hace cinco años.

–¿Y te gusta?

–Sí.

–¿No es un problema que te tomes unos días libres?

–No, otro juez se encargará de mis casos. Esto es una emergencia familiar –contestó Trent–. ¿Y tú? ¿Tú puedes tomarte unos días libres? Si tienes algún problema, puedo ayudarte económicamente.

–No me hagas ningún favor –replicó Kate–. Perdona, no quería contestar así. Es que soy un poco susceptible respecto a los temas económicos. Tu tía Mary Belle solía dar a entender que me había casado contigo por interés.

–Eso no es verdad. Cualquiera se habría dado cuenta de que estábamos enamorados. Incluso mi tía Mary Belle.

Kate tragó saliva. La emocionaba que reconociese el amor que sintieron el uno por el otro. Ella había creído en su amor… hasta el día que Mary Kate fue secuestrada. A partir de entonces, Trent le había dado numerosas razones para dudar.

–No necesito ayuda económica, pero te lo agradezco de todas formas.

–Entonces, ¿te pagan bien como investigadora?

–Sí, bastante bien.

Se hizo un silencio.

El corazón de Kate latía a toda velocidad. ¿Por qué aquel hombre que una vez fue su marido, su amante, su amigo, ahora le parecía un extraño? Porque lo era, pensó. «Como yo soy una extraña para él. Ya no soy la Kate de antes».

Perder no solo a su hija, sino el uno al otro, fue la gran tragedia de sus vidas y estaban llenos de cicatrices. Y, en esos diez años, habían vivido vidas separadas.

–Usas tu apellido de soltera. ¿Eso significa que no has vuelto a casarte?

–No, no he vuelto a casarme.

–Deberías casarte de nuevo, Kate. Tener hijos.

–Aún no es demasiado tarde –suspiró ella–. ¿Y tú? Pensé que te habrías casado. Además, me han dicho que te has convertido en un auténtico galán y que todas las mujeres de Prospect votaron por ti.

Trent sonrió.

–Veo que te han contado algún cotilleo.

–El conserje del hotel –asintió Kate.

–¿Te ha dicho que salgo con una mujer que se llama Molly Stoddard?

Kate apartó la mirada.

–No.

–Molly es viuda y tiene dos hijos. Llevamos casi un año saliendo…

–Ah, ¿es una relación seria?

–Eso parece, estamos prácticamente prometidos –suspiró él–. ¿Y tú? ¿Hay alguien especial en tu vida?

«No hay nadie especial, pero me gustaría que lo hubiera».

–La verdad es que salgo con otro empleado de la agencia.

«¿Por qué le mientes?». En realidad, el empleado era una mujer, Lucie Evans, su mejor amiga.

–Me alegro. ¿Cómo se llama?

–Pues… Luke Evans –contestó ella, apartando la mirada.

–¿Y piensas casarte con él?

–No, por ahora no tengo intención de casarme.

–Yo estoy pensando en pedirle a Molly que se case conmigo.

–¿Qué? –exclamó Kate entonces, sin poder evitarlo. La verdad era que, incluso diez años después del divorcio, seguía pensando en Trent como en su marido–. Me alegro por ti… y te deseo lo mejor.

–Aún no se lo he pedido. Solo lo estoy pensando. Pero la verdad es que ya tengo cierta edad y Molly es una persona maravillosa. Además, me llevo muy bien con sus hijos.

Molly era una persona maravillosa y se llevaba muy bien con sus hijos. ¿Ésa era una buena razón para casarse con alguien? En otro tiempo, Kate habría pensado que no, pero ya no estaba tan segura. Quizá era eso lo que ella misma debería hacer: encontrar un hombre bueno y contentarse con eso.

«Por favor, Kate, nunca aceptarás casarte con un hombre del que no estés enamorada y tú lo sabes».

–¿Le has dicho a Molly que te ibas de Prospect con tu exmujer? –le preguntó entonces.

–Sí, claro. La llamé anoche para explicarle la situación. Molly es muy comprensiva. Es una persona amable y…

–¿La quieres? –lo interrumpió Kate. «Dios mío, ¿por qué le has preguntado eso?».

Hubo un silencio.

–Muy bien, no contestes. No es asunto mío.

Después, hubo un largo silencio.

–¿Tú estás enamorada de Luke? –preguntó Trent diez minutos después.

–Pues… sí, creo que sí.

Otra mentira.

Él se rio, nervioso.

–¿Cómo hemos derivado hacia esta conversación? Hablar de amor es un poco raro en nuestras circunstancias, ¿no te parece?

–Hablemos de algo más seguro. ¿Cómo está tu tía Mary Belle después de la embolia que sufrió el año pasado?

–Mejor de lo que nadie habría imaginado, sobre todo los médicos. Es una mujer muy testaruda, ya sabes. Durante unos meses no pudo mover la parte derecha del cuerpo, pero hizo rehabilitación y se esforzó todo lo posible por volver a caminar.

–No tenía mal aspecto.

–Pero supongo que viste el bastón. Seguramente, no podrá volver a caminar sin él.

–Parecía la misma persona y, a la vez, otra completamente diferente. En cuanto entró en la habitación me corrigió porque, según ella, no la había invitado apropiadamente.

Trent sonrió.

–Así es ella, así la educaron.. nunca entendiste que para mi tía no hay nada más importante que las buenas maneras.

–Claro que lo entiendo. Las buenas maneras son una religión para ella.

–Pero has dicho que la viste cambiada. ¿Por qué?

–No lo sé exactamente… dijo algo extraño.

–¿Qué dijo?

–Que ahora era capaz de admitir que estaba equivocada y que se había equivocado conmigo.

Trent miró a Kate, con una sonrisa en los labios.

–¿Dijo eso?

–Sí. ¿A qué se refería?

–¿Por qué no se lo preguntaste?

–Supongo que porque me quedé atónita al descubrir que Mary Belle podía equivocarse en algo y admitirlo.

–Nunca fue tan mala como tú creías –suspiró Trent–. Ni tan ingenua como yo la creí.

Kate se quedó en silencio, pensativa. Tenía razón. Mary Belle no era el monstruo que ella había querido imaginar. Si Trent se hubiera dado cuenta, años antes, de cómo lo manipulaba, de cómo la hacía sentir que no merecía haberse casado con su sobrino...

–Supongo que todos tenemos parte de culpa –dijo en voz baja.

Había estado a punto de tocarle el brazo a su exmarido en un gesto de consuelo, pero se contuvo. Trent y ella nunca podrían ser amigos, aunque ambos lo quisieran. Podrían ser los padres de Mary Kate. Nada más.

–Lo que le pasó a nuestra hija no fue culpa tuya –dijo Trent entonces.

–Lo sé –musitó Kate.

Le habría gustado que se lo dijera entonces. Pero no, después del secuestro, Trent la miraba con una acusación en los ojos. Y cuando Mary Belle soltó: «Si no te hubieras ido sola, esto no habría pasado», Trent permaneció en silencio. No dijo una sola palabra en defensa de su mujer.

Los dos se quedaron callados. Kate supuso que su exmarido estaba perdido en el pasado, como ella, recordando momentos dolorosos.

Casi una hora después, Trent rompió el silencio:

–¿Quieres que paremos a comer en Birmingham o entre Birmingham y Tupelo?

–Da igual. Puedo esperar hasta que lleguemos a Memphis. He tomado un buen desayuno.

Trent la miró de reojo. Estaba delgada, pero no tanto como la última vez que la vio.

Tras el secuestro de su hija, Kate había dejado de comer, de dormir, de vivir.

–A lo mejor encontramos una hamburguesería en algún sitio. ¿Te siguen gustando las hamburguesas?

En su primera cita, Kate había pedido una enorme hamburguesa con queso, cebolla y pepinillos. Era la primera vez que salía con una chica que no estaba a régimen y eso le gustó, que tuviera pasión por la vida.

–Claro, me siguen gustando las hamburguesas con cebolla. Algunas cosas no cambian nunca –sonrió Kate.

Trent tuvo que apartar la mirada. Aquella sonrisa que lo había vuelto loco… la atracción física que sintió por ella desde el primer día no había disminuido, pero ya no tenía derecho a tocarla. Diez años antes la dejó ir y Kate tenía una nueva vida.

¿Por qué le dolía tanto eso? No estaba enamorado de ella… aunque tampoco estaba enamorado de Molly. Debería casarse con Molly, pensó. Después de todo, ya no podía volver atrás en el tiempo.

«Si pudieras, ¿lo harías?», se preguntó. Pero era una pregunta estúpida.

No podía volver a tener a Kate, como no podía recuperar a su hija.

–¿Kate?

–¿Sí?

–¿Has pensado esto bien? ¿Sabes cómo vas a reaccionar, nos encontremos con buenas o malas noticias?

–Haré lo mismo que he hecho durante estos once años –respondió ella–. Si ninguna de esas niñas resulta ser Mary Kate, seguiré buscando. Durante el resto de mi vida.

–¿Eso es lo que has estado haciendo estos años?

–Sí. Y me he gastado todo el dinero. Una de las razones por las que dejé el departamento de policía de Atlanta para unirme a la agencia de seguridad Dundee es porque así tendría todos los recursos a mi disposición.

–¿Y si una de esas niñas es Mary Kate? ¿Qué harías entonces?

Kate cruzó los brazos, como para abrazarse a sí misma.

–Si encontramos a nuestra hija, quiero verla. Y quiero saber cómo está, quiénes son sus padres, si tiene hermanos, si es feliz…

–¿Y si es feliz con su familia, entonces qué?

Kate apretó los labios.

–Quiero creer que seré capaz de alejarme sin inmiscuirme en su vida. Pero no sé si soy tan fuerte.

–Lo eres. Tendremos que serlo. Los dos –suspiró Trent.

–No queda más remedio, ¿verdad? Verla una vez, una sola vez. Y luego marcharnos y dejar que siga viviendo con las personas a las que cree sus padres.

—Deberías tener otro hijo —musitó Trent—. Eras una madre maravillosa.

—Otro hijo no podría reemplazar a Mary Kate.

—Lo sé muy bien. Y, sinceramente, yo no quiero tenerlos —admitió él, sorprendido de haberlo dicho en voz alta. Nunca le había contado a nadie que temía querer a otro niño como había querido a Mary Kate, que el miedo de perder a otro hijo era demasiado grande.

—A mí me ocurre lo mismo. No puedo soportar la idea de tener que pasar por lo que pasé hace once años. Me da miedo tener otro hijo.

Trent la miró de reojo y vio el gesto de dolor en sus facciones. Cuando volvía a concentrarse en la carretera, Kate le tocó el brazo. Solo fue una caricia suave, amistosa, pero le hizo sentir un escalofrío.

«¿Por qué lo había tocado?».

Apretando los dientes, Trent intentó controlar los demonios que lo asaltaban cada vez que recordaba todo lo que había perdido. Primero a su hija, luego a su mujer. Pero Kate había vuelto a su vida…

Había tardado diez años en pensar en un futuro con otra mujer. Pero allí estaba, con Kate, el amor de su vida, en una jornada que podría llevarlos a un infierno mucho más terrible que el que tuvieron que soportar once años antes.

Capítulo Cuatro

Kate no dijo nada cuando Trent aparcó el Bentley a la entrada del hotel Peabody, en Memphis. Habría estado bien que le preguntase si quería alojarse en otro sitio, pero, ¿para qué? Después de todo, para Trent pagar una suite doble en el hotel más caro de la ciudad era algo normal. Nacido entre algodones, Trenton Bayard Winston IV siempre viajaba en primera clase.

–Llamé anoche para hacer las reservas –le explicó–. Les dije que estaríamos una semana, quizá más.

Kate asintió, sin decir nada. La habitación era muy lujosa, como el cuarto de baño. Y la cama resultaba invitadora.

–¿Quieres que comamos en Chez Philippe o en Capriccio, el restaurante del hotel? –preguntó Trent, quitándose el abrigo–. O, si lo prefieres, podríamos llamar al servicio de habitaciones.

–Estoy cansada. Prefiero cenar aquí e irme temprano a la cama –contestó ella–. ¿Te importa pedir tú mientras yo llamo al agente Moran?

–¿Carne, pescado o ensalada? –preguntó Trent.

–Después de la hamburguesa que he tomado en Tupelo no tengo mucha hambre. Una ensalada me parece bien… ah, y no quiero café, me desvela.

Kate cerró la puerta de su habitación, sin poder evitar mirarlo de reojo. Iban a estar juntos varios días, quizá una semana, y no podía sentirse atraída por su exmarido. Sobre todo ahora, que estaba prácticamente comprometido con otra mujer. Pasara lo que pasara con Mary Kate, no había futuro para ellos.

Pero… su cabeza sabía eso, su corazón no.

Mientras marcaba el número del agente Moran, se quitó las botas y los calcetines. Hacía siglos que no se ponía un vestido, aunque le habría gustado llevar uno…

–Agente Moran.

–Moran, soy Kate Malone.

–¿Sigues en Prospect?

–No, ya estoy en Memphis. Trent ha venido conmigo. Estamos en el hotel Peabody.

–Ah, viajando con estilo, ¿eh? Pero supongo que tu exmarido puede permitírselo.

–Sí, claro –contestó ella, nerviosa–. ¿Sabes algo nuevo?

–Hemos encontrado a tres parejas que perdieron a sus hijas más o menos cuando se llevaron a Mary Kate. Y en circunstancias similares. Todas las niñas eran rubias y tenían de dos a tres meses de edad. Nos hemos puesto en contacto con ellos y, si todos llegan mañana a Memphis, tendremos una reunión a las once.

–¿Has dicho tres parejas? Pero… sólo hay tres niñas. Eso significa…

–Que nos sobra una pareja –contestó el agente Moran, siempre directo al grano.

Kate tragó saliva. No quería que nadie sufriera, pero deseaba con todas sus fuerzas que una de esas niñas fuese Mary Kate.

–¿Qué sabes de esa gente?

–Solo que, de las tres, solo una pareja sigue casada. Tienen otros dos hijos y esperan que una de las niñas sea la suya. Hay otra pareja divorciada y también espera que una de las niñas sea la suya. Y luego tenemos a un viudo cuya esposa murió hace tres años. También espera que una de las niñas sea la suya. Pero todo depende de las pruebas de ADN, ya sabes.

–Ya, claro.

–Sam Dundee nos ha pedido que, en tu caso, nos demos prisa.

Sam Dundee, el fundador de la agencia, era un hombre al que todo el mundo respetaba y quería. Siendo padre de tres hijos él mismo, sin duda entendía lo importante que era aquello para Kate.

–¿Se les ha notificado a los padres adoptivos?

–Ha empezado el proceso, sí.

«Por favor, que Mary Kate sea una de las niñas», rezó Kate, en silencio.

–¿Cuándo crees…?

–Mañana tomaremos las muestras de ADN y tendremos el resultado dentro de un par de días. Además, les hemos pedido a los padres adoptivos que traigan una fotografía de cada niña.

–Pero, ¿y si…? Han pasado más de once años. ¿Y si no reconozco a Mary Kate? –preguntó ella, con voz entrecortada.

–No te preocupes. En cuanto tengamos los resultados de la prueba de ADN lo sabremos con seguridad.

–Sí, tienes razón. Perdona…

–No tengo nada que perdonar, boba. Te entiendo perfectamente, yo estaría igual.

–Lo dirás en broma. Dante Moran, el hombre de acero.

–Sí, ya sé lo que dicen de mí –se rio el hombre–. Pero estas cosas le parten a uno el corazón.

–¿Sabes una cosa, Moran? Creo que me caes bien.

–Y tú a mí, Kate Malone.

–¿Amigos?

–Sí. Venga, te llamaré mañana para ver si nos reunimos a las once.

–Muy bien. Gracias.

Kate cortó la comunicación y dejó el móvil sobre la mesilla. Si las cosas fueran diferentes, podría tener una relación con Dante Moran. Intuía que había habido una tragedia romántica en su pasado y por eso seguía soltero. La mayoría de los hombres interesantes se casaban antes de los treinta y cinco años, y Moran nunca había estado casado.

Sí, harían buena pareja, los dos medio enamorados todavía de otra persona. Dante de su misteriosa dama del pasado y ella de Trent. Sí, seguía un poco enamorada de su exmarido. Seguramente siempre lo estaría. Cuando se quiere a alguien como ella había querido a Trent, no era fácil pasar página.

En ese momento llamaron a la puerta.

—¿Sí?

—Subirán la cena dentro de media hora —dijo Trent, desde el otro lado de la puerta.

—Ah, gracias. Así podré echarme un ratito.

—Muy bien. Te llamaré cuando llegue.

—De acuerdo —dijo ella, con un nudo en la garganta.

—Kate, ¿estás bien?

«Vete», pensó. «No, no estoy bien. Sigo enamorada de ti y no puedo evitarlo».

—He hablado con Moran.

—¿Puedo pasar? —preguntó Trent entonces.

Genial. Lo que le faltaba.

—Sí… bueno, pasa.

—¿Has estado llorando?

—No, yo ya no lloro.

—¿Qué te ha dicho Moran que te ha disgustado tanto?

–No estoy disgustada.

–Sí lo estás. Te conozco y…

–Ya no me conoces, Trent. No sabes cómo soy. Quizá no lo supiste nunca.

Él dejó caer los hombros.

–Eso no es justo, Kate. Nos conocíamos bien –dijo, tomando su mano para llevársela al corazón–. Una vez pensé… –entonces le soltó la mano, como si le quemara–. Perdona. Es difícil librarse de las viejas costumbres. Estar contigo me trae tantos recuerdos.

«No mires atrás», pensó ella. «No te dejes llevar por los recuerdos». Tenía que hacerse cargo de la situación, dejar las cosas claras.

–Moran llamará mañana para decirme si hay una reunión con los otros padres –dijo, cambiando de tema deliberadamente–. Han encontrado a tres parejas más que podrían ser los padres de esas niñas y tenemos que hacernos la prueba de ADN.

–¿Tres parejas? Entonces, alguien sobra.

–Así es –suspiró Kate.

–Yo deseo que una de esas niñas sea Mary Kate. Lo deseo con todo mi corazón –dijo Trent entonces.

Ella supo que lo decía de verdad. Quería encontrar a Mary Kate. Pero también sabía que Trent no había soñado con aquel día, que no había rezado para que llegase, que no había vivido solo para eso, como ella. No, Trent había elegido otro camino, creer que Mary Kate estaba muerta, que había desaparecido para siempre.

–Me gustaría estar sola un rato –le dijo–. Por favor, llámame cuando llegue la cena.

Con expresión dolida, él salió de la habitación. Las cosas no iban a mejorar entre ellos, pensó Kate. El pasado era un obstáculo insalvable y la tensión sexual que había entre ellos la asustaba. Sería muy fácil caer en sus brazos, en su cama, intentando encontrar lo que habían perdido tantos años atrás.

Pero ya era demasiado tarde. Demasiado tarde para Trent, para ella, para Mary Kate.

Trent se sirvió una segunda taza de café.

–He pedido un postre –murmuró, levantando la tapa de una bandeja en la que había una tarta de chocolate con nueces–. Espero que siga siendo uno de tus postres favoritos.

–Mis gustos no han cambiado mucho –sonrió Kate–. Antes te has acordado de que me gustaban las hamburguesas y ahora pides una tarta de chocolate con nueces… estás siendo muy amable conmigo y yo… me temo que no estoy siendo muy agradable.

–No tienes por qué disculparte –sonrió Trent–. Además, ¿por qué ibas a ser agradable? No me comporté precisamente como un marido ideal cuando tenía que hacerlo. Estaba demasiado roto y me sentía demasiado culpable como para ayudarte.

Ella lo miró, sorprendida.

–¿Estás disculpándote?

–Si eso sirviera de algo, estaría disculpándome hasta el día del juicio final. Lo siento, Kate –suspiró Trent, dejando la taza sobre la mesa–. Cómo me habrás odiado…

Nervioso, se levantó entonces para acercarse a la ventana.

Memphis renacía de noche, como una mujer guapa vestida con sus mejores galas, pensó. Había conseguido dominar sus demonios durante muchos años, fingiendo que no le importaba, diciéndose una y otra vez que Mary Kate estaba muerta y que no volvería a verla nunca. Ni a su mujer. Pero la realidad le había demostrado lo contrario.

Kate estaba de vuelta en su vida, aunque solo fuera una semana. Y si el destino se ponía de su lado, verían pronto a su hija.

¿Por qué no escuchó a Kate once años antes, cuando insistía en buscar a la niña? Debería haberla apoyado, pero… se escondió, enterró la cabeza en la arena y no quiso reconocer que había esperanza.

Trent sintió la presencia de Kate antes de notar su mano en el hombro. Cuánto deseaba abrazarla. Y no soltarla nunca.

–¿Trent?

Él apretó los dientes.

–Déjalo, Kate.

–No pasa nada…

–Sí pasa. Te fallé –dijo él entonces–. Y no sabes cómo lo siento.

–Ninguno de los dos supo cómo actuar después de perder a Mary Kate. Hicimos lo que pudimos. Pero… lo que más me dolió fue que no me defendieras cuando Mary Belle dijo que todo había sido culpa mía.

¿Mary Belle había dicho eso? Trent se volvió de inmediato.

–Mi tía nunca dijo eso, Kate.

–Dijo que si yo no me hubiera ido sola de la iglesia, no habría pasado nada. No lo niegues.

–Pero también dijo que si ella hubiera ido paseando con nosotros nada habría pasado. ¿No recuerdas eso?

–¡Estás mintiendo!

–No, Kate. No lo oíste porque habías salido corriendo. Pero mi tía Mary Belle se sentía culpable.

Kate lo miró, incrédula.

–¿Qué?

–¿Estás diciendo que durante todos estos años has pensado que yo te culpaba a ti? –exclamó Trent.

–Me culpabas a mí. Mary Belle y tú me culpabais a mí –insistió ella.

Trent la miró, con el dolor y la rabia mezclándose con el amor que siempre había sentido por ella.

–Kate, cariño, no fue así. Tú te sentías tan culpable que nadie podía razonar contigo, ni siquiera los médicos.

Cuando Trent alargó la mano para tomarla del brazo, ella se apartó.

–No quiero hablar de esto ahora. No sé si te creo o no.

–¿Por qué iba a mentirte? ¿Qué ganaría con eso?

–No lo sé, pero… si no me culpabas a mí, ¿por qué te has disculpado hace un minuto?

–Por todo –contestó él–. Por dejar que pasara lo que pasó. Por no poder solucionarlo, por no haber sabido cuidar de ti. Por no haber podido darte lo que necesitabas… ¡Dios, Kate, cometí tantos errores! Te fallé…

–Durante todos estos años, creí que te había fallado yo a ti.

Antes de que pudiera tomarla entre sus brazos, Kate se dio la vuelta. Trent fue tras ella, pero se detuvo cuando cerró la puerta de la habitación. Se quedó allí parado, sin saber qué hacer. Cuando oyó el clic del cerrojo supo que la decisión estaba tomada. Kate no lo quería ni lo necesitaba. Ya no.

Capítulo Cinco

Kate y Trent llegaron los primeros, pero en media hora se habían reunido todos en el cuartel general del FBI en Memphis. Dante Moran, con su traje negro y su corbata de rayas, miró al grupo antes de clavar los ojos en Kate. Era su forma de decir que la entendía; que también él sabía que, cuando terminasen, una de aquellas parejas volvería a casa con el corazón roto por enésima vez.

Solo había tres niñas secuestradas en Alabama hacía once años y nueve meses, sólo tres niñas que podrían ser o no hijas suyas.

Kate miró alrededor. Durante el desayuno, ni Trent ni ella volvieron a hablar sobre aquel juego de culpabilidades que seguía sin entender. De verdad había creído que tanto Trent como su tía Mary Belle la culpaban a ella del secuestro de Mary Kate. ¿Podría haberse equivocado? ¿Y por qué iba a mentir Trent después de tantos años?

«¿Cómo has podido estar equivocada durante tanto tiempo?», se preguntó a sí misma.

Mientras miraba alrededor, notó que todas

las parejas tenían una expresión similar, una extraña mezcla de miedo y esperanza. Sin duda, la suya era idéntica. Jayne y Clay Perkins eran la única pareja que seguía casada. Tenían un niño de diez años y una niña de siete. Su hija mayor, Megan, había sido secuestrada en unos grandes almacenes de Birmingham cuando tenía tres meses. Una semana después que Mary Kate.

La exótica morena Jessica Previn y su atractivo marido, Dave Blankenship, estaban divorciados. Su segunda mujer, Mindy, lo acompañaba, igual que el prometido de Jessica, Cory. Dave había tenido un hijo con Mindy y enseñaba, orgulloso, sus fotos a todo el mundo. Su hija, Charity, había sido secuestrada en un parque de Prattville.

Un hombre musculoso con el pelo cortado casi al cero, Dennis Copeland, el viudo, había tenido que criar solo a su hija de diecisiete años, Brooke. Su hija Heather fue secuestrada por una mujer en plena calle cuando iba en el cochecito con la niñera.

Kate no pudo evitar preguntarse cómo había afectado a cada pareja la pérdida de esa hija. Seguramente habría sido tan devastador como lo fue para Trent y para ella. ¿Se habría desintegrado el matrimonio de los Blankenship como el suyo? ¿Se habrían culpado el uno al otro? ¿Y las otras parejas? ¿Cómo habían podido seguir juntos los Perkins y los Copeland hasta que la enfermedad se llevó a su mujer?

Daba igual. Habían sobrevivido a la tragedia de una forma u otra. Y Kate a veces se preguntaba por qué había dejado a Trent...

Como Dante Moran explicó con detalle, lo que el FBI sabía de la banda de secuestradores era que llevaban doce años operando en el sur del país y que habían secuestrado a cientos de niños.

Cuando Trent le apretó la mano, Kate estuvo a punto de apartarla, pero no lo hizo. Necesitaba su apoyo y debía admitir que todavía había un lazo emocional entre ellos. Después de estar separados diez años, de no tener nada en común, seguían compartiendo lo más importante que pueden compartir dos personas, un hijo. Y, en aquel caso, una hija perdida.

Kate lo miró y vio sus propios sentimientos reflejados en los ojos de su exmarido.

–Es posible que Mary Kate no sea una de esas niñas –le dijo en voz baja–. Nosotros podríamos ser los padres que vuelvan a casa con las manos vacías.

Trent le pasó un brazo por los hombros, sin decir nada.

–Hemos pedido a los padres adoptivos que cooperen, dejando que tomemos una muestra de ADN de las niñas –estaba diciendo Moran–. Pero hoy intentaré responder a todas sus preguntas y luego tomaremos sus muestras de ADN. Tendremos los resultados en menos de una semana porque uno de los padres se ha ofrecido a financiar el estudio en un laboratorio privado...

Kate se volvió hacia Trent.

–¿Has sido tú?

–Sí.

–Gracias.

–No quería esperar más de lo necesario –le dijo él al oído–. Y pagaría diez veces más por descubrir la verdad.

–Aunque esas niñas sean sus hijas –seguía diciendo Moran–, eso no significa que puedan reclamarlas. Los padres adoptivos de esas niñas ya han contratado abogados, como estoy seguro que harán los cientos de padres que perdieron a sus hijos por culpa de esa banda de criminales.

–¿Qué derechos tenemos? –preguntó Dennis Copeland.

–Eso lo decidirá un juez.

–¿Todas esas niñas viven felices, sus padres las quieren? –preguntó Jessica Previn.

–No tengo esa información, señora Previn.

–¿Cuándo vamos a conocer a los padres adoptivos? –preguntó Jayne Perkins.

–¿Veremos fotografías de las niñas? –insistió Jessica.

–Yo sé que reconocería a Megan en cualquier parte –suspiró Jayne.

–Estamos intentando reunirnos con los padres adoptivos lo antes posible –explicó Moran–. Pero les aconsejo que no alberguen demasiadas esperanzas.

–¿Deberíamos contratar a un abogado? –preguntó Dave Blankenship.

–Yo no puedo aconsejarle sobre eso.

–Si fuera uno de nosotros, ¿qué haría? –preguntó Trent entonces–. Contrataría a un buen abogado, ¿verdad? Yo lo he hecho y les recomiendo que ustedes hagan lo mismo. Seguramente lo mejor será dejar a nuestras hijas con sus padres adoptivos, pero incluso en ese caso, tenemos derechos como padres biológicos.

Hubo un murmullo general y todas las parejas estuvieron de acuerdo en contratar a un abogado.

–Me pondré en contacto con ustedes en cuanto tenga más información –dijo Moran–. Mientras tanto, un técnico del laboratorio O'Steen tomará las muestras de ADN. Y les aseguro que esas muestras estarán bajo la protección del FBI.

Cuando las otras parejas salían de la sala, Moran llevó a Kate aparte.

–¿Sabes cuál es tu grupo sanguíneo y el de tu exmarido?

–Sí. ¿Por qué?

–¿Cuál es?

–El mío es A positivo y el de Trent 0 positivo.

–Dos de las tres niñas son 0 positivo –dijo Moran entonces.

Ella tragó saliva.

—Como mi hija.

Moran miró a Trent, que esperaba cerca de la puerta, y luego a Kate.

—No tengas demasiadas esperanzas. El 0 positivo es el tipo más normal.

—Lo sé.

El agente del FBI la miró con simpatía, pero no la tocó ni dijo nada antes de alejarse. Un hombre extraño, pensó. Una mezcla de fuerza y delicadeza.

—¿Qué te ha dicho? —le preguntó Trent—. Por cómo te miraba, yo diría que tiene interés por ti.

—Dante Moran y yo somos colegas y nos entendemos muy bien, pero no hay nada entre nosotros.

—Pero si no salieras con Luke, sería diferente, ¿no?

Oh, no. Aquella estúpida mentira…

—Mira, Trent, creo que deberías saber…

En ese momento le sonó el móvil. ¿Salvada por la campana?

—¿Dígame?

—Kate, soy Lucie. ¿Cómo estás? ¿Qué tal va todo?

Lucie. Luke, pensó ella, sonriendo.

—Trent y yo estamos en Memphis, en el cuartel general del FBI. Vamos a hacernos la prueba de ADN, pero hay cuatro parejas y solo tres niñas.

—¿Qué tal con Trent? —le preguntó su amiga—. Sé que sigues loca por él…

—¿Qué?

—Por favor, Kate, soy tu mejor amiga. ¿Él sigue sintiendo algo por ti?

—No lo sé —contestó ella, mirando de reojo a su exmarido.

—¿Está contigo?

—Sí.

—Ah, ya. Bueno, llámame después para contarme los detalles. Volví a Atlanta anoche y le he dicho a Sawyer MacNamara que necesito descansar un par de días. Pero ya le conoces, está inaguantable. Un día le mato.

Kate soltó una carcajada.

—Pues prepárate para una pelea, cariño. Nada le gustaría más que despedirte. La única razón por la que sigues en Dundee es que Sawyer nunca toma decisiones profesionales basadas en una inquina personal.

—No podemos soportarnos y eso no cambiará jamás —suspiró Lucie—. Ay, perdona, yo aquí hablando de mis tonterías cuando tú estás pasando por algo tan terrible…

Kate miró a Trent de reojo. Parecía interesado en la conversación. ¿Debía decirle la verdad, que no existía el tal Luke? Pero tener un novio, aunque fuese de mentira, le servía como barrera. Si apartaba esa barrera, ¿intentaría Trent algo o permanecería fiel a Molly? La verdad era que seguía sintiendo algo por su exmarido y le resultaría muy fácil caer en sus brazos. Y en su cama.

–Necesito que me hagas un favor.

–Lo que sea.

–Quiero que te pases por mi apartamento para regar las plantas.

–¿Ah, sí? ¿No me digas?

Kate no tenía plantas y Lucie lo sabía. Era una frase que usaban cuando tenían algún problema con un hombre. Si Lucie estaba a punto de acostarse con alguien sabiendo que lo lamentaría por la mañana, llamaba a Kate para decirle esa frase, como un grito de ayuda.

–Puede que tarde más de una semana en volver a casa y no quiero que se sequen.

–¿Quieres que vaya a Memphis o simplemente que deje el móvil encendido?

–Lo último.

–Muy bien. Kate, espero que una de esas niñas sea Mary Kate.

–Sí, yo también.

–Cuídate, ¿eh?

–Lo haré.

Después de cortar la comunicación, Kate guardó el móvil en el bolso.

–¿Era Luke? –le preguntó Trent.

–Sí y no.

–¿Cómo?

–Estaba hablando con mi mejor amiga, Lucie

Evans, que trabaja conmigo en la agencia –suspiró Kate–. No existe ningún Luke. Solo Lucie, que es como una hermana para mí. Así que solo te he mentido en parte.

Trent sonrió.

–¿Y por qué me has mentido?

–¿Quieres que sea totalmente sincera?

–Por favor.

–Porque… aún sigo sintiendo algo por ti y creo que a ti te pasa lo mismo. Pensé que si me inventaba un novio, tú no intentarías nada.

Trent la agarró por la cintura.

–Si yo te deseara y tú me desearas a mí, ni cien novios evitarían que te hiciese el amor.

Ella tragó saliva.

–Trent…

–El técnico del laboratorio está esperando –oyeron la voz de Moran.

Kate se quedó inmóvil y Trent la soltó, con desgana.

«Hemos estado cerca», pensó. La próxima vez, y estaba segura de que habría una próxima vez, ¿qué pasaría si nadie los interrumpiera?

Capítulo Seis

Kate estaba con Dante Moran en el café River City, no lejos del cuartel general del FBI. Después de tomar las muestras de ADN, había insistido en que Trent volviese al hotel sin ella.

—Necesito estar a solas un momento –le dijo–. Y creo que tú también. ¿Por qué no vuelves al Peabody? Quiero convencer a Moran para que me deje ver la ficha policial de la banda de secuestradores.

Trent asintió y eso la decepcionó un poco. Absurdamente, le habría gustado que insistiera en quedarse, que hubiera proclamado que sus sentimientos por ella no eran solo algo del pasado.

—¿No deberías llamar a tu exmarido para decirle que tardarás un rato en volver? –le preguntó Moran.

—No tengo que informarle de mis movimientos –contestó Kate–. Estamos divorciados y solo hemos vuelto a vernos por Mary Kate.

—¿Qué te ha hecho para que le odies tanto?

—No le odio… Y estás siendo un poco cotilla, ¿no?

Moran sonrió.

—Pensé que querrías hablar de ello. Perdona.

Kate dejó escapar un suspiro.

—No hay mucho que decir. Trent y yo nos divorciamos hace diez años y está prácticamente comprometido con otra mujer. Y no le odio. Ese es el problema. Sería mucho más fácil si le odiase.

—Ya.

—Oye, quiero darte las gracias por dejarme echar un vistazo a la ficha. No te meterás en ningún lío por mi culpa, ¿verdad?

—No, a menos que alguien se chive —sonrió Moran—. Además, no me importaría demasiado. Estoy pensando en cambiar de trabajo.

—¿Por qué?

—Mi carrera en el FBI está estancada y no creo posible que me asciendan. Con mi reputación de rebelde…

La camarera llegó en ese momento y los dos se quedaron callados.

—¿Qué van a tomar?

Kate miró la carta.

—Yo quiero ensalada de pollo y un café… con sacarina.

—Pollo a la barbacoa —dijo Moran.

Después de tomar nota, la mujer se alejó.

—¿Eres un rebelde con causa o sin ella? —sonrió Kate.

—Eso depende de a quién preguntes. En mi

opinión, siempre tengo una causa. A veces no obedezco las reglas, pero hay una lógica para ello.

—Entonces, ¿crees que este podría ser tu último caso en el FBI?

—Podría ser. Luego había pensado trasladarme al sur.

—¿Atlanta?

Moran levantó una ceja.

—¿Has hablado con alguien de Dundee?

—Nuestra subdirectora, Daisy Holbrook, se lo contó a mi amiga Lucie y Lucie me lo contó a mí. Si quieres mi opinión…

—Dime.

—Yo creo que para Dundee sería una suerte tener a alguien como tú en sus filas.

—Gracias, señora.

—Además, supongo que sabrás que el salario es bueno. Algunos trabajos son peligrosos y otros aburridos, pero Sawyer MacNamara es el mejor jefe: inteligente, justo… excepto cuando se trata de Lucie Evans. No le hagas caso a Lucie cuando te hable de Sawyer, y al revés. Son tal para cual y se odian a muerte.

—¿Y cómo pueden trabajar juntos?

Kate se encogió de hombros.

—Lucie jamás se irá de Dundee para no darle esa satisfacción. Y él no la despide porque todo el mundo sabría que es por motivos personales.

—¿Y Dundee? Si MacNamara dirige la empresa, ¿qué hace él?

–Sam Dundee solo va por allí una vez al año, pero está informado de todo. Te caerá bien, ya verás. Y no encontrarás mejores compañeros en ninguna otra agencia.

–Dime una cosa, Kate Malone, ¿todas las investigadoras son tan guapas como tú?

–Ajá –se rio ella–. Ese comentario podría ser considerado machista.

–Solo era un piropo.

–En ese caso, sí. Todas las investigadoras son guapas, aunque ahora mismo solo somos tres. Lucie es guapísima, casi un metro ochenta, pelirroja… una amazona.

Moran lanzó un silbido.

–A lo mejor el problema que tiene con Mac-Namara es que es demasiada mujer para él.

Kate soltó una carcajada.

–Que no te oiga decir eso. La otra se llama J. J. y es una de las mujeres más guapas que he visto en mi vida. Imagínate a una Elizabeth Taylor de joven: pelo negro, ojos violeta…

–¿En serio?

–Además, es cinturón negro de kárate, conduce una Harley y sabe usar cualquier arma.

–¿Hay alguna regla que prohíba a los empleados de Dundee salir juntos?

–No que yo sepa. Somos todos amigos, pero no creo que haya ningún romance.

–¿Y tú, Kate, tú tampoco estás buscando un poco de romance? –preguntó Moran entonces.

Ella lo miró, sorprendida.

–¿Estás diciendo que tú y yo…?

–¿Por qué no? A menos que vuelvas con tu exmarido.

–Eso no va a pasar.

–¿Por qué? Sigues sintiendo algo por él, ¿verdad?

–Quizá, pero eso no significa que vaya a volver con él. Además, ¿por qué estás interesado en mí si sabes que siento algo por Trent?

–He hablado de romance, no de matrimonio –sonrió Moran.

–Ah, ya, sexo, ¿no?

La camarera se aclaró la garganta.

–Su pedido –dijo, cohibida–. ¿Quieren algo más?

–No, gracias –sonrió Moran, mientras Kate disimulaba la risa.

–En otras circunstancias, podríamos ser perfectos el uno para el otro, ¿no te parece? –declaró ella cuando la camarera desapareció–. Perfectos… para un romance temporal. Los dos estamos en la misma situación.

–¿Por qué lo dices?

–Los dos estamos enamorados de un fantasma del pasado, ¿no?

Moran la miró a los ojos.

–Tú sigues enamorada de tu exmarido, pero ese no es mi caso.

–Sé que a los hombres no os gusta hablar de

vuestros sentimientos, pero está claro que en tu vida hay un amor perdido. No intentes engañarme, Moran. Yo nunca he querido a nadie más que a Trent, y verlo otra vez me ha confundido. No sé si estoy enamorada de él o de su recuerdo.

–¿Y no deberías averiguarlo? Estás aquí conmigo y deberías estar con él… Deja de huir, Kate. Tarde o temprano tendrás que enfrentarte a ello. Y si una de esas niñas resulta ser tu hija no podrás alejarte de Trent.

–Eres muy listo, Dante Moran. ¿Cómo puedes darme tan buenos consejos y no ser capaz de solucionar tus propios problemas?

–Mira, agradezco tu preocupación, pero no sabes nada de mi pasado.

–Cuéntamelo.

–No, gracias.

–Solo dime una cosa y dejaré de incordiarte. Te lo prometo.

–¿Qué quieres saber? –suspiró él.

–¿Tengo razón, hay alguien en tu vida a quien no puedes olvidar?

–¿Si te contesto dejarás de hacer preguntas?

Kate asintió con la cabeza.

–Sí.

–¿Sí qué?

–Sí hubo alguien en mi vida.

Le habría gustado seguir preguntando, pero había prometido no hacerlo. Además, eso solo la distraería temporalmente de sus propios problemas.

Cuando terminaron de cenar, Kate miró su reloj. Debería haber llamado a Trent… pero él tenía su número de móvil, y si estuviera preocupado…

–Estás muy callada –dijo Moran.

–Sí, estaba pensando.

–¿En tu ex?

–Claro. ¿Qué harías tú en mi lugar? –preguntó Kate.

–Le diría lo que siento y después haría el amor con él –se rio Moran.

–Si esa te parece la solución, ¿por qué no has hecho tú lo mismo?

–No puedo.

–¿Por qué, Dante?

–Porque ella ha muerto.

Kate tragó saliva.

–Lo siento, de verdad, no lo sabía…

–Ya, bueno, ¿nos vamos?

–Sí, claro.

Fueron hasta el coche en silencio.

–¿Dónde te llevo?

–Al Peabody, por favor.

–¿Vas a seguir mi consejo?

–Es posible.

Mientras se dirigían al hotel, Kate iba pensando qué sentiría si Trent hubiera muerto. Estaría destrozada. Aunque no lo había visto en diez años sabía que estaba vivo, pero la idea de perderlo... ¿habría creído durante todos esos años que podía haber una segunda oportunidad para ellos? Igual que no abandonó la esperanza con Mary Kate, ¿habría soñado secretamente que Trent y ella volverían a estar juntos?

Trent paseaba por la suite, nervioso. Eran las nueve y media de la noche. ¿Dónde demonios estaba? ¿Por qué no lo había llamado por teléfono? Después de tomar las muestras de ADN, Kate prácticamente lo había echado de su lado... Podría haber protestado, pero, ¿para qué? No quería más discusiones. Durante los últimos meses de matrimonio lo único que hacían era discutir. Día y noche, todo el tiempo, de cualquier cosa.

Cuando Kate sufrió la crisis nerviosa tras el rapto de Mary Kate, él hizo lo que pudo para consolarla, pero ella lo rechazaba continuamente. Y sus rechazos eran cada día más insoportables. En lugar de apoyarse el uno al otro, se habían encerrado en su propio infierno.

Cuando Kate le pidió el divorcio, Trent aceptó sin decir una palabra, pero el instinto le dijo que lamentaría aquella decisión. En aquel momento, el dolor de haber perdido a su hija y su orgullo herido fueron los grandes obstáculos. Un hombre no intenta retener a una mujer que ya no le quiere.

El único problema era que él seguía queriendo a Kate. La quería el día que formalizaron el divorcio, la quería un año después...

¿Y ahora?, se preguntó.

La puerta de la suite se abrió en ese momento y Kate entró, con la nariz colorada.

–Hace un frío de mil demonios.

Trent habría querido preguntarle dónde había estado y con quién. ¿Con Dante Moran? ¿Habría estado con el agente del FBI que tan interesado estaba en ella?

–¿Has cenado ya? –le preguntó.

–Sí, he cenado con Moran.

–Parece que sois muy amigos, ¿no?

–Es un buen tipo –contestó Kate–. Y he conseguido que me enseñe la ficha policial de...

–Está loco por ti –la interrumpió Trent.

–Eso no es verdad.

–Moran está siendo agradable contigo porque quiere meterse en tu cama.

–¿Y a ti qué te importa? –replicó ella, airada.

–Sí, tienes razón –suspiró Trent–. Perdona, han sido los celos...

–¿Estás celoso? –preguntó Kate, sorprendida.

–Sí, bueno, ya sabes, donde hubo llama queda un rescoldo –intentó sonreír él.

–Moran y yo solo somos amigos.

–No tengo derecho a estar celoso, pero...

Kate se quitó el abrigo y lo tiró sobre el sofá, muy seria.

–¿Qué vamos a hacer, Trent? ¿Qué vamos a hacer con esos rescoldos?

Él tuvo que apretar los puños.

–¿Tú qué crees que debemos hacer?

Entonces, sin pensar en las consecuencias, Kate le echó los brazos al cuello.

–Creo que deberíamos desconectar esta bomba de relojería.

El sexo de Trent se puso en guardia de inmediato.

–Acostarnos juntos podría ser un gran error.

–Sí, podría ser, pero también podría aliviar esta tensión insoportable –murmuró ella–. Tenemos que hacer algo y yo estoy dispuesta a arriesgarme.

La fuerza de voluntad de Trent Bayard Winston IV se fue por la ventana y, apretándole el trasero, la aplastó contra su erección, más que evidente bajo los pantalones. Cuando la oyó gemir, inclinó la cabeza para buscar sus labios y Kate los abrió, con los pechos aplastados contra el torso masculino.

–Si no estás segura, dímelo ahora –murmuró con voz ronca. Ella no dijo nada y Trent la tomó en brazos para llevarla al dormitorio. La tumbó en la cama, devorándola con los ojos, arrancándole la ropa…

Capítulo Siete

Kate no recordaba cuándo fue la última vez que sintió aquel fuego, aquel deseo que la consumía. Había disfrutado del sexo con otros hombres durante aquellos años, pero solo con Trent experimentaba verdadera pasión. Pasión de los sentidos, pasión del corazón, del alma. Abrumada por un deseo que borraba todo lo demás, se rindió. Su cuerpo reconoció inmediatamente las caricias de Trent, su olor, su sabor. Y excitada más allá de lo imaginable, respondió instintivamente. Siempre había sido así entre los dos, sin barreras, dando y recibiendo, sin pensamientos racionales, sólo un opresivo deseo de saciarse el uno del otro.

No podía detener lo que estaba a punto de pasar, ya era demasiado tarde. Mientras se besaban, dando vueltas en la cama, jadeando, se quitaban la ropa a manotazos… Entonces Trent la colocó de rodillas sobre la cama para acariciar su cara, su cuello, sus pechos. Sin decir nada, le desabrochó el sujetador y lo dejó caer al suelo. Su ardiente mirada y el aire fresco que entraba por la ventana hicieron que sus pezones se endurecieran.

Kate acarició el torso masculino. Siempre había adorado aquel cuerpo tan bien formado, la suavidad del vello oscuro. Tocarlo hacía que muchas emociones dormidas volvieran a la superficie...

Trent acariciaba sus pechos con las dos manos, sensibilizándolos aún más, despertando un incendio entre sus piernas. Hambrienta de él, Kate le desabrochó el cinturón y bajó la cremallera de los pantalones con movimientos ansiosos y, a la vez, deliberadamente lentos. Él se apartó un poco para quitárselos... pero cuando Kate intentó bajarle los calzoncillos, quedaron aprisionados por una impresionante erección. Con cuidado, apartó la prenda y se colocó encima, como había hecho tantas veces, acariciándolo con la mano, bombeando. Trent lanzó un gemido ronco, Kate sonrió.

Pero su ex marido no la dejó seguir jugando. Con menos delicadeza y más urgencia de la que ella había mostrado, le quitó los pantalones y las braguitas, dejándola completamente desnuda.

Luego empezó a besarle el estómago, las caderas, la parte interior de los muslos...

–Trent...

–Calla.

Trent era el único hombre que parecía saber que la parte interior de sus muslos era una zona erógena. La besaba, pasaba la lengua sabiamente por la delicada piel llevándola al borde del orgasmo. Y cuando la besó íntimamente, cuando besó el escondido capullo, Kate dejó escapar un grito de placer.

Sin dejar de amarla con los dedos y la lengua, Trent levantó una mano para apretarle los pezones. Kate llegó al clímax enseguida, pero él no dejó de tocarla hasta que estuvo completamente saciada, absolutamente exhausta.

Entonces alargó la mano para tocar su sexo. Trent se estremeció. Quería darle el mismo placer que él le había dado y, sin pedir permiso, empezó a besarle el estómago, la línea de vello que se perdía hacia abajo…

–No tienes que…

–Quiero hacerlo –lo interrumpió Kate.

Y lo hizo. Empezó a juguetear con la lengua, volviéndole loco hasta que Trent enredó los dedos en su pelo, urgiéndola a que lo tomase en la boca. Y ella le dio exactamente lo que quería. Su sabor la excitó tanto que, entregándose a la lujuria, lo llevó hasta el final.

Él dejó escapar un gemido ronco, un sonido salvaje. Ninguno de los dos dijo nada después; se quedaron en silencio, agotados, temblando.

–¿Tienes frío?

–Un poco –contestó Kate.

Trent la cubrió con el edredón y le pasó un brazo por la cintura, como había hecho tantas veces…

–¿Trent?

–¿Sí?

¿Qué podía decirle? ¿Debía admitir que seguía importándole o actuar como si no hubiera pasado nada? Mientras intentaba encontrar las palabras adecuadas, le sonó el teléfono…

–¿Crees que será Moran? –preguntó él.

–No… a menos que haya ocurrido algo.

Trent alargó la mano para levantar el auricular.

–¿Dígame?

Se puso tenso de inmediato. Y se apartó de ella.

–No, perdona. Es que se me había olvidado llamar. Ha sido un día muy largo y…

–¿Quién es? –preguntó Kate en voz baja.

Trent negó con la cabeza.

–No, aún no sabemos mucho. Nos han tomado unas muestras de ADN para compararlo con el de las tres niñas… Oye, espera un momento, voy a cambiar de teléfono.

Entonces se levantó de la cama y se acercó al armario para sacar un albornoz.

Kate lo vio salir de la habitación sin mirarla siquiera. ¿Sería Mary Belle? Probablemente. Pero, ¿por qué tenía que hablar en privado con su tía?

«No es Mary Belle», le dijo una vocecita interior. Es Molly Stoddard, la mujer con la que estaba casi prometido. Y se sentía culpable porque lo había pillado en la cama con ella. La tentación de levantar el auricular que estaba sobre la mesilla era tan grande…

«No lo hagas», pensó.

Kate se levantó de la cama, buscó su ropa y atravesó el salón sin mirar a Trent antes de entrar en su habitación. Y cerró de un portazo. A ver qué le parecía.

Pero era lógico. Aunque la novia de Trent no hubiese llamado, ¿dónde pensaba que iba a llevarle una noche de sexo con su exmarido? Trent tenía una nueva vida en Prospect. Tenía su carrera, una mujer que le gustaba, una mujer que seguramente a su tía sí le parecía suficientemente buena para él.

Kate ni siquiera conocía a Molly Stoddard, pero ya la odiaba.

–Sí, Kate y yo nos llevamos bien –estaba diciendo Trent. Desde luego que se llevaban bien. Acababan de acostarse juntos y no tenía la menor duda de que Kate había disfrutado tanto como él.

–Sé que debes de estar pasándolo mal, cariño –suspiró Molly–, pero cuando averigües si una de esas niñas es Mary Kate podrás seguir adelante con tu vida. Después de todo, antes de que ocurriera esto estabas seguro de que tu hija había muerto. Y si no es una de ellas, es posible que hayas tenido razón. Por otro lado, si es una de las niñas, ni tú ni tu exmujer podréis apartarla de los únicos padres que conoce.

–Sí, claro, lo sé –contestó Trent, irritado. No quería hablar de eso con Molly. No aquella noche. Quizá nunca. Aunque Molly tenía dos hijos y era una buena madre, no podía entender lo terrible que era su situación. Solo Kate lo entendía. Solo Kate sentía la misma angustia.

Trent miró la puerta de su habitación, pensando en lo que acababa de ocurrir. Aún podía verla, desnuda, pasando a trompicones por el salón, evidentemente furiosa. Y aún podía oír el portazo.

Tenía derecho a estar enfadada. ¿Por qué había actuado como un idiota?

–¿Trent?

–¿Sí?

–¿Me estás escuchando?

–Perdona, Molly, es que estaba distraído…

–¿Qué te pasa? Dímelo, por favor. Si puedo ayudarte en algo…

–Si de verdad quieres ayudarme…

Maldición. No sabía qué decir. Quería aferrarse a Molly, a sus planes de futuro. Pero, ¿cómo iba a hacer eso mientras intentaba descubrir qué sentía por Kate? Y lo que sentía era demasiado complicado, demasiado confuso.

Deseaba a Kate tanto como siempre. El deseo que hubo entre ellos no había disminuido en absoluto. Pero, ¿la amaba? Quizá. En cierto modo, la querría siempre. La cuestión era si habría un futuro para ellos, con o sin Mary Kate.

–Molly, tengo que ser sincero contigo.

–No sé si me gusta ese tono –murmuró ella.

–Kate y yo…

–Ah, ya entiendo. Han aparecido los viejos fantasmas del pasado, ¿no?

–En cierto modo.

–Es normal, cariño. Kate fue el amor de tu vida, como Peter fue el amor de la mía. No digo que no me sienta decepcionada, pero si quieres que te sea sincera… si Peter apareciese ahora mismo, me echaría en sus brazos y no le soltaría nunca.

–Para Kate y para mí no es tan fácil. Cuando Peter murió, estabais muy enamorados. Kate y yo apenas podíamos mirarnos cuando firmamos el divorcio –suspiró él.

–¿Crees que no lo sé? Mary Belle me contó…

–¿Qué te ha contado mi tía?

–Me dijo que siempre amarías a Kate.

¿Por qué esa frase había sido como un mazazo? ¿Porque temía que fuese verdad?

–Mi tía Mary Belle es una romántica.

–Mira, Trent. Yo sigo aquí –suspiró Molly–. No hay nadie más en mi vida. Si Kate y tú no lleváis a nada, yo estaré en Prospect, esperándote. Pero si volvéis a estar juntos, lo entenderé. Quién sabe, hasta es posible que me caiga bien.

Trent sonrió.

–Eres maravillosa.

–No lo creas. Me da envidia que puedas tener una segunda oportunidad con el amor de tu vida.

Él no supo qué decir a eso.

–Cuídate –dijo Molly entonces–. Y llámame cuando vuelvas a Prospect.

–Lo haré. Te lo prometo.

Cinco minutos después, cuando por fin consiguió tranquilizarse un poco, Trent llamó a la puerta de la habitación contigua.

–Vete –respondió Kate.

–Tenemos que hablar…

–No tenemos nada que hablar.

–Abre la puerta, Kate.

–No quiero hablar contigo. Ni ahora ni nunca. Déjame en paz. Si tienes que hablar conmigo, hazlo por la mañana. Estoy cansada y quiero dormir.

–Mira, lo siento, ¿eso es lo que quieres oír? Lo siento, de verdad. Debería haberte dicho quién era y debería haberle dicho a ella que llamase más tarde. Es que me pilló desprevenido y…

–Te sientes culpable, admítelo. La has engañado y…

–No digas eso, Kate. Molly no es mi mujer, ni siquiera es mi prometida.

Hubo un silencio.

–Molly sabe que tú y yo… en fin, que tenemos cosas por resolver. Y no está celosa.

La puerta se abrió tan de repente que Trent estuvo a punto de perder el equilibrio. Al otro lado, Kate lo miraba, con los brazos en jarras.

–¿Le has dicho que…?

–No, no se lo he dicho. Pero da igual. Molly no es…

–¿Celosa? ¿No va a venir a Memphis para tirarme del pelo? Pues si no es celosa, no te quiere. Si yo fuera prácticamente tu prometida y tú te hubieras ido con tu exesposa, estaría muerta de celos. Y si creyera que te has acostado con ella, vendría a Memphis y le sacaría los ojos.

–Esa es la diferencia entre Molly y tú –suspiró Trent–. Si tú fueras prácticamente mi prometida, estarías loca por mí. Molly no lo está. A menos que hayas cambiado mucho, tú solo sabes amar con todas tus fuerzas, con toda tu alma. Siempre has sido así.

–¿Molly no está enamorada de ti y piensas casarte con ella? No lo entiendo.

–Mira…

–No, déjalo. No quiero saber nada –lo interrumpió Kate–. Además, no es asunto mío.

–Tengo casi cuarenta años, Kate. Quiero una vida normal, una familia, alguien con quien compartir mi existencia. Me gusta Molly y nos llevamos muy bien.

–En otras palabras, estás decidido a conformarte.

–Sí, supongo que sí.

–Pues me alegro por ti. Cuando sepamos algo de Mary Kate, puedes volver a Prospect, casarte con ella y vivir el resto de tu vida en la más absoluta mediocridad. Nada de discusiones, nada de desacuerdos, nada de broncas. Ah, pero tampoco pasión, tampoco amor.

Kate se volvió entonces e intentó cerrar la puerta, pero Trent se lo permitió.

–Tener esa clase de amor una vez en la vida es más de lo que mucha gente puede esperar. Y cuando lo has perdido, lo que debes hacer es conformarte.

–Yo nunca aceptaré eso. Y si no puedo tener amor, prefiero no tener nada –susurró Kate.

De nuevo intentó cerrar la puerta y, esa vez, Trent se lo permitió. Se quedó allí parado, sin saber qué hacer, confuso. Sobre Kate, sobre Molly. Sobre el futuro.

Capítulo Ocho

Dante Moran llamó a las siete y media de la mañana. Kate llevaba despierta desde las seis, pero no había salido de su habitación. Era una cobarde por no querer enfrentarse a Trent, y loca por haber cedido a la tentación por la noche.

Y quizá debería de añadir más insultos. Después de todo, ¿qué derecho tenía ella a juzgar a nadie? Si su exmarido quería un matrimonio sin pasión, era asunto suyo. Ella nunca se casaría sin amor, pero Trent… El antiguo Trent, el hombre del que se había enamorado, nunca se habría sentido satisfecho sin tenerlo todo. El nuevo Trent… no le conocía.

—Kate, ¿estás ahí? —preguntó Moran.

—Ah, sí, perdona.

—¿Te he despertado?

—No, llevo mucho rato despierta. Pero es muy temprano, ¿qué pasa?

—Parece que no vamos a poder organizar una reunión con los padres adoptivos.

—¿Por qué?

—Ninguno de ellos quiere reunirse con vosotros.

—Ah, comprendo —murmuró Kate.

—Es lógico —dijo Moran—. Tienen miedo de perder a sus hijas. Y os ven como a enemigos, claro.

—Lo entiendo. Después de todo, también ellos son víctimas de esta situación. Y si fuera al contrario, seguramente yo sentiría lo mismo.

—Quiero que sepas que te he llamado a ti antes que a los demás.

—Gracias.

—Pero no todo son malas noticias.

—¿Ah, no?

—No, los padres adoptivos han acordado enviar las fotografías de las niñas por email. Y uno de ellos incluso va a enviar varias fotos de su hija de cuando era pequeña.

A Kate le dio un vuelco el corazón.

—¿Fotos de la niña de pequeña? Si fuese Mary Kate la reconocería inmediatamente…

—No… lo siento, Kate, pero no es una de las niñas cuyo grupo sanguíneo es 0 positivo.

—Ah, ya —murmuró ella, intentando ocultar su desilusión—. Pero veremos fotos de las otras niñas, ¿no?

¿Reconocería de verdad a su hija o querría ver un parecido inexistente?, se preguntó, angustiada.

—Así es. Y todos recibiréis copias —contestó Moran—. Te llamaré en cuanto lleguen.

—Muy bien. Oye, Moran, tú sabes dónde viven esas niñas, ¿verdad?

–Sí, lo sé, pero no me pidas las direcciones, Kate. No puedo dártelas.

–¿Podrías decirme si están cerca de Memphis? Solo eso.

–Las dos que son 0 positivo viven a tres horas de Memphis. Una en Mississippi y la otra en Alabama. Y solo puedo decirte eso. Lo siento, Kate.

–No pasa nada, lo comprendo. No quiero que te despidan antes de darte la oportunidad de dimitir –intentó sonreír ella.

Moran soltó una risita.

–Te llamaré en cuanto lleguen las fotografías.

–Estaré esperando.

En cuanto colgó el teléfono, Trent llamó a la puerta de su habitación. Tenía que ser Trent, ¿quién si no?

Cuando abrió la puerta lo encontró recién duchado, afeitado y guapísimo con unos vaqueros y un jersey de color azul.

–He pedido el desayuno –dijo en tono neutro, ni amistoso ni hostil–. Espero que te apetezca una tortilla de queso con tostadas de pan integral y café.

–Gracias –murmuró Kate.

La emocionaba que recordase lo que solía desayunar cuando estaba embarazada de Mary Kate. Pero la tensión que había entre ellos era insoportable.

No podían seguir así, de modo que cuando

estuvieron sentados a la mesa, intentó solucionarlo:

—Mira, Trent, sobre lo de anoche…

—¿Te refieres a que hicimos el amor, a la llamada de Molly, a mi estúpida reacción…?

—A todo eso —lo interrumpió ella—. Soy yo quien debería disculparse. Tienes derecho a casarte con quien te apetezca y…

—No voy a casarme con Molly.

A Kate le dio un vuelco el corazón.

—¿No?

—No. Lo he pensado mucho y creo que tienes razón. He intentado olvidar lo que hubo entre nosotros y casi me había convencido a mí mismo de que lo mejor era un matrimonio sin pasión. Pero no puede ser. Hacer el amor contigo anoche me lo ha dejado bien claro. Tú y yo ya no estamos enamorados, pero la pasión no ha desaparecido, ¿verdad?

Kate quería contestar, pero tenía un nudo en la garganta. Deseaba tocarlo, abrazarlo…

«Yo sí te quiero, Trent. Siempre te he querido y siempre te querré».

¿Por qué no se lo decía? Si lo admitía en voz alta, quizá él también… Pero, ¿y si no la amaba? ¿Y si solo era un deseo pasajero?

—No, la pasión no ha desaparecido —dijo por fin.

Trent sonrió.

—¿Puedo preguntar quién ha llamado hace un momento?

—Moran —contestó ella, sirviéndose un café—. Los padres adoptivos no quieren vernos, pero van a enviar fotografías de las niñas.

—Ah, entiendo. Supongo que es normal, ¿no? Si yo estuviera en su lugar, tendría miedo de perder a mi hija.

—Pero si una de esas niñas es Mary Kate, no vamos a arrancarla de su casa, ¿verdad? No podemos hacer eso.

—No, no podemos hacerlo —suspiró Trent, apartando la mirada.

—Yo solo quiero verla, tengo que verla. Y tengo que creer que es feliz.

—Yo también. Pero pase lo que pase, va a ser muy difícil, Kate.

Ella asintió con la cabeza.

—Moran tiene la dirección de las niñas y voy a intentar averiguarla hoy, cuando vaya a su oficina. Si lo consigo, ¿vendrás conmigo?

—Sí —contestó Trent—. Pero tendremos que ser discretos. No podemos dejar que nos vean. Aunque reconocieses a Mary Kate…

—Solo tenemos que ver a dos niñas, las que son 0 positivo.

—¿Qué?

—Perdona, Moran me lo contó ayer —suspiró Kate—. Siento no habértelo dicho.

Trent asintió con la cabeza.

—Aunque creamos reconocer a Mary Kate, prométeme que no intentarás hablar con ella.

–Te lo prometo. La miraremos desde lejos... pero tengo que ir, Trent. Necesito ver a esas niñas. Llevo casi doce años esperando y siento que... es como si estuviera a punto de explotar.

–Sé lo que sientes. Créeme, lo sé muy bien.

–En cuanto terminemos de desayunar iremos a la oficina de Moran, ¿te parece?

–De acuerdo. Pero antes tómate el desayuno. Estás muy delgada, Kate. Siempre te pasa igual, cuando estás disgustada no puedes comer...

–Me conoces demasiado bien –suspiró ella, llevándose la taza a los labios.

Robin Elliott vivía en Corinth, Mississippi, con sus padres, Susan y Neal Elliott, y su hermano pequeño, Scottie, que también era adoptado. Christa Farrell vivía en Sheffield, Alabama, con su abuela paterna, Brenda Farrell. Christa fue adoptada por su hijo, Rick, y su esposa, Jean, que murieron en un accidente de avión seis años antes.

Mientras Trent entretenía a Moran, Kate buscó las direcciones que necesitaba. Y estaba segura de que su amigo sabía lo que iba a hacer. Si no, ¿por qué habría dejado precisamente esos dos archivos sobre su mesa?

Kate estudió obsesivamente la primera fotografía, la de Robin Elliott. Era una niña preciosa, con una cinta rosa sujetándole el flequillo rubio. Resultaba difícil averiguar el color de sus ojos, pero parecían castaños claros con motitas verdes. Como los ojos de Mary Belle.

La información que iba anexa a la fotografía decía que Robin celebraría su cumpleaños dentro de tres semanas. Estaba en sexto, era una buena estudiante y, aparentemente, una niña feliz.

Kate miró entonces la fotografía de la otra niña. Tenía los ojos castaños, tan oscuros como los de Trent. Y el pelo castaño claro. Llevaba dos coletas sujetas por lazos verdes, del mismo tono que su jersey. Christa Farrell era una niña guapa de facciones irregulares. Tenía la boca ancha y la nariz un poquito demasiado grande. Y pecas. Kate tuvo pecas de pequeña…

Christa, que cumpliría doce años dentro de dos semanas, era una estudiante de matrícula de honor y no tenía muchos amigos. Una niña introvertida que prefería la compañía de los adultos a la de otros niños. Era muy inteligente, pero desde la muerte de sus padres su estado emocional era bastante frágil.

Kate colocó las fotografías una al lado de la otra. ¿Una de ellas sería su Mary Kate? Si era así, ¿por qué no se lo decía el corazón? ¿Por qué no podía mirar las fotos y reconocer a su hija?

Sin embargo, se veía a sí misma y veía a Trent en ambas niñas. Christa tenía los ojos de Mary Kate, pero Robin tenía el pelo rubio…

–Vas a desgastar las fotos si sigues mirándolas –le advirtió Trent.

–Sí, lo sé, pero no puedo evitarlo. Una de estas niñas podría ser nuestra hija. ¿Por qué no la reconozco? A lo mejor no es ninguna de ellas...

–Déjalo, Kate. Cuando llegue el resultado de las pruebas de ADN lo sabremos seguro.

–Sí, supongo que deberíamos haber esperado, pero si me hubiese quedado en Memphis sin hacer nada me habría vuelto loca.

–Yo también –suspiró él.

–¿Cuánto queda hasta Corinth?

–Menos de treinta kilómetros.

Kate respiró profundamente.

–El 122 de Oak Hill Drive –murmuró, mirando el reloj–. Robin volverá del colegio dentro de media hora. A lo mejor podemos verla.

–Recuerda que hemos prometido no acercarnos.

–Sí, lo sé.

Trent hizo lo que pudo para permanecer tranquilo, tanto por Kate como por él mismo. Habían aparcado el Bentley cerca del número 122 de Oak Hill Drive, frente a una casa en venta. Si alguien sospechaba, siempre podrían decir que estaban interesados en comprarla.

Fingiendo interés, echaron un vistazo por el jardín, sin dejar de mirar a la casa de enfrente.

Pero pasaban los minutos y el frío empezó a ser insoportable.

–¿Por qué no volvemos al coche? Hace un frío horrible –sugirió Trent.

–Sí, es verdad. Se me han quedado los pies helados y no sé dónde tengo la nariz.

Cuando entraban en el Bentley, otro coche se detuvo frente al número 122.

–Mira, Kate.

Ella apretó su mano, nerviosa. ¿Estaría a punto de ver a su hija?

Una mujer alta salió del coche, seguida de dos niños. Un chico que debía de tener ocho años y una chica delgada con vaqueros y una chaqueta de cuero marrón.

Kate tragó saliva mientras observaba a Robin Elliott. Era una niña preciosa.

Y cuando se rio de algo que decía su hermano, a Trent se le paró el corazón. Su sonrisa le recordaba a la sonrisa de Kate. Y era tan delgada como Kate de niña. ¿Sería posible que Robin fuese su hija?

–Parece tan feliz… –murmuró Kate.

–Es feliz, se nota.

–¿Crees… crees que se parece a Mary Kate?

–Tiene el pelo rubio, aunque ahora es más oscuro. Y su sonrisa me recuerda a la tuya. Pero a lo mejor solo veo lo que quiero ver.

–No sé si es Mary Kate. Quiero que sea ella, pero no lo siento en el corazón.

Siguieron mirando a Robin hasta que desapareció dentro de la casa. Luego se quedaron en silencio.

–Vámonos –dijo Kate por fin–. No creo que vuelva a salir. Hace demasiado frío.

–Sí, tienes razón. Además, podemos estar en Sheffield en poco más de una hora.

Kate miró su reloj.

–Christa Farrell va a la biblioteca después del colegio porque su abuela trabaja allí. Ojalá lleguemos antes de que cierren.

Trent la miró a los ojos.

–¿Estás bien?

–Sí, estoy bien.

–¿Has pensado qué haremos si ni Robin ni Christa resultan ser Mary Kate?

–No lo sé, Trent –suspiró ella–. Pero nunca voy a dejar de buscarla.

–¿Dejarías que te ayudase? Quiero que sigamos buscando juntos a nuestra hija –dijo Trent entonces.

Kate apretó los dientes, pero no dijo nada.

Una hora después estaban frente a la biblioteca de Sheffield, una ciudad pequeña con muchas casas vacías, pero que parecía en proceso de recuperación. Durante el camino, Kate había seguido estudiando la fotografía de Robin Elliott, recordando su risa. Si Robin era Mary Kate, ¿por qué no lo sentía en el corazón?

«A lo mejor no es tu hija», le dijo una voz interior. «A lo mejor Christa Farrell es Mary Kate. Pero, ¿y si la ves y no la reconoces?».

–¿Esperamos aquí o entramos en la biblioteca? –preguntó Trent.

¿Entrar? ¿Podría estar tan cerca de Christa y permanecer a distancia? ¿Sentiría la tentación de hablar con ella, de estudiarla como si estuviera bajo un microscopio?

–Vamos –dijo Kate.

–¿Estás segura?

–Sí.

La biblioteca era muy pequeña y vieron a Christa enseguida, sentada frente a un libro, con un lápiz en la mano.

–Ahí está. Pero si no levanta la cabeza no podremos verle la cara.

–Tenemos que dejar de mirarla, se va a dar cuenta –dijo Trent en voz baja.

–Vamos a buscar unos periódicos…

Cuando iban a sentarse, la niña levantó la cabeza y miró a Kate directamente. Christa sonrió y ella le devolvió la sonrisa. Pero se le encogió el estómago al ver sus ojos de color chocolate, como los de Trent.

«Eso no significa que sea Mary Kate».

Cuanto más la estudiaba, más parecido encontraba. Tenía los mismos ojos que Trent, la misma expresión de concentración mientras estudiaba. Y tenía la boca ancha, como él. El óvalo de la cara y las pecas eran de Kate. Y también tenía la nariz de su madre, un poquito demasiado grande, pero con mucha personalidad.

¿Y el pelo? No era ni rubio como el suyo ni moreno como el de Trent. No, pero era castaño claro, una mezcla de los dos. Y estaba un poco gordita. Tanto ella como Trent fueron niños delgados, pero Mary Belle fue una niña regordeta.

«Otra vez estás intentando convencerte a ti misma de que es Mary Kate».

Sin embargo, su corazón le decía…

—No la mires así —dijo Trent en voz baja.

—¿Tú también lo ves o estoy imaginando el parecido?

—Tiene mis ojos y mi boca. La forma de tu cara y tus pecas.

El corazón de Kate se detuvo una fracción de segundo al ver que Christa mordía el lápiz. De pequeña, su madre la regañaba siempre por eso… y aún seguía haciéndolo.

—Será mejor que nos vayamos —dijo Trent entonces.

Kate asintió. Pero al levantarse, con los nervios, tiró uno de los periódicos. Antes de que pudiera inclinarse, Christa se levantó para recogerlo y se lo devolvió con una sonrisa. Y Kate tuvo que hacer un esfuerzo sobrehumano para no abrazarla.

—Gracias —dijo, con voz entrecortada.

—De nada —contestó la niña.

Trent la agarró por la cintura para sacarla de allí y ella se lo agradeció porque le temblaban las rodillas.

Pero cuando estuvieron en el interior del Bentley, se echó a llorar.

–Cariño, no te hagas esto a ti misma...

–Sé que es una locura, pero creo... siento que es Mary Kate.

–Sí, lo sé. Lo sé –suspiró él, abrazándola.

–¿Y tú... tú también lo has sentido?

–Sí, yo también lo he sentido –dijo Trent con voz ronca, besándola tiernamente en los labios–. Pero podríamos estar equivocados.

–El corazón me dice que esa niña es... que es nuestra Mary Kate.

Capítulo Nueve

Los días siguientes fueron una tortura para Kate. Y también para Trent, aunque no hablaban mucho de ello. La espera era insoportable y alternaban entre consolarse mutuamente y discutir por cualquier cosa.

Kate solía salir del hotel para pasear sin rumbo y para alejarse de Trent durante unas horas porque sabía que, de no hacerlo, acabarían en la cama. Y no podía ser. No podía volver a acostarse con él porque eso no la llevaría a ninguna parte.

Diez años antes, cuando firmó el divorcio, algo dentro de ella murió para siempre y no quería pasar de nuevo por esa agonía.

Aquella mañana fue Trent quien se marchó de la suite, diciendo que si lo necesitaba podía llamarlo al móvil. ¿Si lo necesitaba? Lo necesitaba constantemente, cada minuto del día. Y esa era una mala noticia.

No sabía qué hacer. Había visto la televisión, había leído una novela que se había llevado, se había pintado las uñas de las manos y de los pies… ¡y se había tomado cuatro tazas de té!

¿Y ahora qué?, se preguntaba. Podía ir a dar un paseo, pero no quería encontrarse con Trent. Tal y como se sentía en aquel momento, lo llevaría al primer callejón que encontrara para hacerle de todo.

Kate tuvo que sonreír. Estaba perdiendo la cabeza.

Tenía que hablar con alguien… ¡Lucie!

–¿Dígame?

–Lucie, soy yo. ¿Estás ocupada o podemos hablar?

–Hola, corazón, ¿qué tal? ¿Alguna noticia?

–Aún no. Pero estoy perdiendo la cabeza y a punto de violar a mi exmarido.

–¿Y por qué no lo haces?

Kate se pensó mucho la respuesta.

–No me lo digas –dijo su amiga entonces–. Ya lo has hecho, ¿a que sí?

–Sí –admitió Kate–. Y no puede volver a pasar.

–¿Por qué no? Los dos sois adultos.

–Convertirnos en amantes solo complicaría las cosas y la situación ya es suficientemente complicada.

–¿Por qué no admites que sigues loca por él? Y aunque esté prometido, seguro que si sabe lo que…

–No va a casarse con Molly –la interrumpió Kate.

–¡Aleluya! Pues a por él.

–No puedo arriesgarme, Lucie. Puede que siga enamorada de mi exmarido, pero no sé lo que él siente por mí. Y no puedo perder a mi marido y a mi hija otra vez.

–Ay, cariño, te entiendo…

–¿Lucie?

–Dime.

–Robé las direcciones de dos niñas que podrían ser mi hija y fuimos a verlas.

–¿Trent también?

–Sí –suspiró Kate–. Las vimos, pero no les dijimos nada. Fuimos muy discretos.

–¿Y?

–Y los dos sentimos lo mismo al ver a una de las niñas. Se llama Christa y estoy segura de que es Mary Kate.

–Dios mío… supongo que debió de ser muy difícil para ti.

–No tienes ni idea. ¿Qué voy a hacer si la prueba de ADN confirma mis sospechas? ¿Cómo no voy a intentar recuperarla?

–¿La viste con sus padres adoptivos?

–No, los padres adoptivos de Christa murieron en un accidente de avión hace seis años. Ahora vive con su abuela paterna.

–¿Y eso no lo soluciona todo? ¿No podríais pedir la custodia?

–Podríamos intentarlo, pero, ¿cómo vamos a apartar a la niña de la única persona que ha sido una constante en su vida?

–Sí, claro, tienes razón –suspiró Lucie.

Kate oyó entonces que estaba sonándole el móvil en el salón.

–Espera un momento. Está sonando el móvil.

–Aquí te espero.

Kate corrió al salón y sacó el teléfono del bolso.

–Kate Malone.

–Kate, soy Dante Moran.

Ella contuvo el aliento.

–Dime.

–Acaban de llegar los resultados de la prueba de ADN.

–¿Y?

–Christa Farrell es tu hija.

–¡Dios mío… Dios mío! –gritó Kate, con los ojos llenos de lágrimas.

–¿Queréis que intente convencer a la abuela de Christa para que se reúna con vosotros?

–Sí, por favor. Por favor, Moran… Dile que aceptaremos lo que ella diga, que haremos lo que pida, siempre que nos dé una oportunidad de… –a Kate se le quebró la voz.

–Ve a darle la noticia a Trent –dijo Moran–. Te llamaré en cuanto haya hablado con la señora Farrell.

–Gracias. Muchísimas gracias.

–¿Kate?

–¿Sí?

–No esperes demasiado.

–Lo sé. Intentaré no hacerlo, pero… ¡Es mi hija! Está viva y la he visto…

–¿Qué?

–Lo sé, lo sé, no debería, pero…

–Ya sé que encontraste las direcciones –se rio Moran entonces–. Bueno, tengo que colgar. Te llamaré más tarde.

Kate corrió de nuevo al dormitorio, con el corazón en un puño.

–¡Lucie, yo tenía razón, Christa es Mary Kate!

–¿De verdad? ¿Las pruebas lo han confirmado?

–Acaba de llamar Moran para decírmelo. Va a intentar que la abuela de la niña se reúna con nosotros.

–¡Qué alegría, Kate! ¿Cómo se lo ha tomado Trent?

–Aún no lo sabe. Tengo que decírselo enseguida…

–Bueno, llámame en cuanto sepas algo, ¿eh? Y buena suerte, cariño.

–Gracias.

Temblando, Kate marcó el número del móvil de su exmarido.

–Trent, ven corriendo…

–¿Qué ocurre?

–Ya tienen el resultado de la prueba de ADN y… Christa Farrell es Mary Kate.

***

La casa de Brenda Farrell, situada en una de las mejores zonas de Sheffield, era una construcción de ladrillo con persianas de madera y un jardín bien cuidado. Una doble hilera de álamos flanqueaba el camino que llevaba hasta el porche.

Trent aparcó el Bentley y salió del coche, tan nervioso como ella. Kate le había pedido dos veces que parase en medio de la autopista porque tenía que vomitar. Desde el día anterior, cuando la señora Farrell aceptó reunirse con ellos, los nervios se le habían agarrado al estómago.

–¿Te encuentras mejor?

Ella asintió con la cabeza.

–Quiero que todo salga bien. Quiero gustarle a la señora Farrell –dijo, nerviosa–. Trent, no sé qué haría si esto no saliera bien.

–Todo va a salir bien, ya lo verás. Pero no esperes demasiado, cariño. Que la señora Farrell haya aceptado recibirnos ya es una buena noticia.

–Tienes razón. Ha sido muy generosa.

Poco después, de la mano, llegaron hasta la puerta, que se abrió antes de que pudiesen llamar al timbre. Una mujer bajita de pelo gris y hermosos ojos azules los estudió atentamente, intentando sonreír.

–Vosotros debéis de ser Kate y Trent. Pasad, por favor. Yo soy la abuela de Christa, Brenda Farrell.

–Gracias por recibirnos, señora Farrell –dijo Trent.

–Sí, se lo agradecemos muchísimo –asintió Kate.

–Vamos al salón. Acabo de hacer café, pero puedo prepararos un té, si lo preferís.

–No, por favor. No se moleste –murmuró Kate, mirando alrededor.

–Christa no está aquí. Está en casa de los vecinos.

Trent y Kate intercambiaron una mirada.

–El agente Moran nos dijo que quizá podríamos verla hoy –dijo él.

–Sentaos, por favor. Me ha parecido mejor que hablásemos antes –sonrió Brenda Farrell–. Ya podréis imaginar que todo esto ha sido tremendo para nosotros. Saber que Christa fue secuestrada, que sus padres biológicos no pudieron recuperarla... Es terrible para todos nosotros, pero sobre todo para la niña. Christa aún no ha podido recuperarse de la muerte de sus padres... mi hijo, Rick, y su esposa. Y no quiero que sufra más.

–Por favor, créanos, señora Farrell, lo último que deseamos es hacerle daño –dijo Kate con voz temblorosa–. Es nuestra hija, nuestra pequeña Mary Kate, y queremos lo mejor para ella.

Trent le apretó la mano.

–Señora Farrell, no hemos venido a exigir nuestros derechos como padres y tampoco a lle-

varnos a Christa. Lo más importante para nosotros es que la niña sea feliz.

Los ojos de Brenda Farrell se llenaron de lágrimas.

–Llámame Brenda, por favor.

–Brenda, no sabes cómo agradecemos que tu
hijo y tu nuera cuidasen tan bien de Mary... de
Christa. Todos estos años, sin saber qué había
sido de ella... Ha sido horrible para nosotros,
pero nos alegra saber que es una niña feliz.

–Christa es todo lo que tengo –dijo Brenda
entonces–. Rick era hijo único y cuando murió,
me traje a la niña aquí. Entonces tuvo pesadi-
llas... le duraron meses pero, afortunadamente,
terminaron después de llevarla a un psicólogo.
Aunque todavía, cuando está muy agitada, rea-
parecen de vez en cuando. Pero en general es
una niña feliz... Bueno, voy a serviros el café.

–Deja que te ayude...

–No, por favor. Necesito estar a solas un minuto. Luego llamaré a Christa para que la co-
nozcáis.

Trent y Kate intercambiaron una mirada,
pero ninguno dijo nada.

Brenda Farrell se volvió antes de salir del salón.

–Le he hablado a Christa de vosotros. Le he
dicho que iba a conocer a sus padres biológicos.

Cuando salió, Kate se llevó una mano al corazón.

–¿Y si no se lo ha contado todo? ¿Y si la niña cree que la dimos en adopción? No puedo dejar que…

–Cálmate, cariño. Ya habrá tiempo para todo. Además, estoy seguro de que Brenda no le ha dicho nada negativo de nosotros. Ella quiere proteger a su nieta y nosotros a nuestra hija. Todos la queremos.

Kate asintió con la cabeza. Pero estaba tan nerviosa que tuvo que levantarse del sofá. Y entonces vio las fotografías que había sobre la chimenea. Fotos de Christa. En algunas estaba con sus padres adoptivos, pero había una… Christa de pequeña, con un lacito rojo en el pelo… esa era la niña que Kate recordaba, la niña que había llevado en su corazón durante doce años.

Trent se acercó y le pasó un brazo por los hombros.

–Todo saldrá bien. De alguna forma, conseguiremos que esto salga bien, Kate.

–¿Tú crees que Brenda Farrell aceptaría que…?

–El café –oyeron la voz de Brenda entonces.

Trent y Kate volvieron al sofá, intentando contener la emoción.

–Sé que sois los padres biológicos de Christa y que tenéis ciertos derechos, pero cuento con que seáis buenas personas, que no me quitaréis a mi nieta. Eso le rompería el corazón. A ella y a mí.

–No tenemos intención de quitarte a Christa –le aseguró Trent–. Si sus padres adoptivos siguieran vivos, solo les pediríamos que nos dejasen ver a la niña de vez en cuando, seguir en contacto con ella para que, algún día, cuando sea mayor, pueda tomar decisiones por sí misma. Pero como tu hijo y tu nuera han fallecido, nos gustaría encontrar la forma de compartir a Christa contigo.

–¿Compartirla? –repitió Brenda–. No lo entiendo. ¿Estás sugiriendo un arreglo para que la niña viva la mitad del tiempo con vosotros? Pensé que estabais divorciados.

–Lo que sugiero es que vayas con Christa a Prospect a visitarnos. Mi casa es muy grande y hay sitio para todos. Y sí, Kate y yo estamos divorciados, pero supongo que en esta primera visita no le importaría alojarse en Winston Hall.

Kate, que estaba tomando un sorbo de café, tuvo que hacer un esfuerzo para tragar. ¿Por qué no le había contado eso a ella?

–¿Una visita de cuánto tiempo? –preguntó Brenda.

–Eso depende de ti. Yo sugiero que sea una semana.

–Comprendo… Bueno, me lo pensaré, pero no puedo prometer nada.

–No tienes que decidirlo ahora mismo. Háblalo con Christa, por favor. Tienes la oportunidad de darle unos padres a la niña… Y no la perderías. Si todo va bien, ¿considerarías la idea de mudarte a Prospect?

«Un momento», pensó Kate. «¿Y yo qué? Yo vivo en Atlanta. ¿Tendré que ir a Prospect cada vez que quiera ver a mi hija?».

–Me pensaré lo de la visita, pero… –Brenda se levantó del sofá–. Voy a buscar a Christa. Pero recordad que sois unos extraños para ella. No esperéis que se muestre feliz.

–Lo entendemos –dijo Trent–. ¿Verdad, cariño?

Ella asintió. Pero en cuanto Brenda salió del salón, se volvió hacia él.

–¿Cuándo se te ha ocurrido la brillante idea de que Christa vaya a Prospect?

–Estás enfadada. ¿Por qué?

–¿Por qué? Porque estás tomando decisiones sin consultármelo. Deberías… ¡no, tendrías que haberlo hablado antes conmigo!

–Kate, se me ha ocurrido ahora mismo. Y pensé que te haría ilusión. Si Christa se queda en Prospect una semana tendríamos la oportunidad de conocerla y de que ella conociese a la familia…

–¿Qué familia? ¿Tú, tu tía Mary Belle y una legión de primos?

Trent se levantó, furioso.

–A ver si lo entiendes de una vez. Tú y yo éramos los padres de Mary Kate, así que tú y yo somos los padres de Christa. Es nuestra hija, no es mía ni tuya.

–Nuestra hija –repitió Kate con voz ronca.

–Si Brenda acepta, llevará a Christa a Winston Hall. Contigo, conmigo y sí, con mi tía Mary Belle. Así podremos conocernos mejor y quizá encontrar la forma de que se quede.

–¿Y yo qué, Trent? ¿Qué pasa con mi trabajo, con mi vida en Atlanta?

–Pensé que... si no quieres volver a Prospect, yo podría llevar a Mary... a Christa a Atlanta –dijo por fin.

La puerta del salón se abrió entonces y Brenda Farrell entró con Christa de la mano. Kate sintió como si el mundo entero se hubiese detenido.

–Christa, te presento a Kate y a Trent. Son las personas de las que te he hablado, tus padres biológicos.

La niña los estudió, en silencio.

–Les vi el otro día, en la biblioteca.

–¿Qué? –exclamó Brenda.

–Vinimos a Sheffield para verla –explicó Trent–. No podíamos esperar más...

–Fue culpa mía –lo interrumpió Kate–. Estaba tan ansiosa por saber... quería que Christa fuese mi hija.

–No soy su hija –replicó la niña–. Mis padres se llamaban Rick y Jean Farrell. Y ahora vivo con mi abuela –añadió, mirando a Brenda con expresión angustiada.

–Kate y Trent no han venido a llevarte con

ellos, cariño, solo quieren conocerte. ¿No vas a saludarlos?

A Kate se le partía el corazón. Allí estaba su niña, su preciosa Mary Kate, y no quería saber nada de ella...

–Hola –dijo Christa por fin.

–Hola –contestó Trent.

–Me alegro mucho de conocerte, Christa –intentó sonreír Kate.

–¿Por qué no les cuentas algo del colegio, cariño? –sugirió Brenda–. Diles que sacas muy buenas notas y...

–¡No quiero decirles nada! No les conozco, no son mis padres. Y no quiero dejar a mi abuela. ¡Nunca! –gritó Christa, antes de salir corriendo.

–Ay, por Dios –murmuró Brenda, llevándose una mano al corazón.

–¿No deberías ir a consolarla? –preguntó Kate, angustiada.

–No, cuando se pone así es mejor dejarla sola. Hasta que se calme un poco.

–Así es como actuaba mi tía Mary Belle cuando yo me enfadaba –intentó sonreír Trent.

–Lo siento mucho –se disculpó Brenda–. Creí que la había preparado para esta reunión, pero... parece que no lo he hecho bien.

–No es culpa tuya. No es culpa de nadie –dijo Kate.

–Creo que sería mejor que nos fuéramos

–suspiró Trent–. Nos quedaremos en Sheffield esta noche y si te parece bien, volveremos mañana. ¿Tienes mi número de móvil?

–Sí, lo tengo. Y lo lamento mucho, de verdad. Me imagino que lo estáis pasando muy mal.

–A lo mejor quiere vernos mañana –murmuró Kate, intentando contener las lágrimas.

Después, salió corriendo de la casa. Cuando intentaba abrir la puerta del Bentley, Trent llegó a su lado y la estrechó en sus brazos. Ella apoyó la cara en su hombro, deshecha en llanto.

Capítulo Diez

Trent había reservado una suite en el Holiday Inn, lo mejor que Sheffield, Alabama, podía ofrecer. Kate dudaba que hubiesen atendido nunca a un cliente que conducía un Bentley. El propio director del hotel los acompañó a la suite, de modo que debía de estar impresionado con Trenton Bayard Winston IV. Era curioso cómo la gente respetaba el dinero como no respetaba ninguna otra cosa.

Mientras el director hablaba un momento con Trent, Kate fue al cuarto de baño. Había ido llorando todo el camino y tenía un terrible dolor de cabeza…

Mary Kate no quería saber nada de ellos.

No, Mary Kate no… Christa.

Tenía que enfrentarse al hecho de que, aunque Mary Kate era Christa, Christa no era Mary Kate. La niña que había traído al mundo, la niña a la que Trent y ella cuidaron con todo el amor de su corazón, había dejado de existir el día que se la robaron de los brazos.

Christa Farrell no recordaba su vida anterior, no tenía ninguna conexión emocional con Trent o con ella. Eran, como había señalado Brenda, dos extraños.

¿Qué iban a hacer? ¿Y si Christa no los aceptaba nunca? ¿Y si nunca quería formar parte de sus vidas? ¿Podría soportarlo?

Kate tuvo que taparse la cara con las manos, incapaz de contener los sollozos. Era como si la pena estuviera partiéndola por la mitad.

La puerta del baño se abrió entonces. Nada más verla, Trent la abrazó.

–Oh, Trent…

–No lo pienses más, cielo. Llora si lo necesitas, pero no lo pienses más.

–Ya he llorado un océano de lágrimas.

–Sí, lo sé.

–¿Qué vamos a hacer?

–Esperar hasta mañana y rezar para que Christa quiera vernos –suspiró él–. He pedido la cena y, mientras tanto, voy a llenar la bañera para que te des un largo baño caliente. ¿De acuerdo?

–¿Y tú?

–Tengo que hacer un par de llamadas.

–¿A quién?

–A mi tía Mary Belle, a Dante Moran… y a mi abogado. He contratado al mejor abogado de familia que hay en este país.

Kate asintió. No sabía para qué quería hablar con Moran, pero en aquel momento le daba igual.

Y en cuanto al abogado, estaba segura de que Trent contrataría al mejor.

–Un baño caliente suena bien. Voy a por mi pijama…

–Tú no vas a hacer nada más que relajarte. Yo cuidaré de ti –la interrumpió él, abriendo el grifo de la bañera.

En cuanto salió del baño, Kate se quitó la ropa y se metió en el agua. El dolor de cabeza no desapareció, pero la angustia que sentía en el estómago empezaba a calmarse un poco.

Se quedó en la bañera durante largo rato, intentando no pensar, intentando dejar la mente en blanco… Y estuvo a punto de quedarse dormida. Cuando Trent entró en el baño con dos copas en la mano, se sobresaltó.

–¿Vino?

–Así es. Con los saludos del director del hotel.

–¿Cuánto tiempo llevo aquí?

–Casi media hora –contestó él, ofreciéndole una copa.

Kate alargó una mano. No le daba vergüenza estar desnuda delante de Trent. Había sido su marido durante más de dos años y conocía cada centímetro de su piel casi mejor que ella.

–No está mal –murmuró, tomando un sorbo de vino.

El alcohol era bueno para olvidar, ¿no? O, al menos, para anestesiarse. Trent agarró entonces una toalla y la extendió, invitándola a salir de la bañera con un gesto.

«Si dejas que cuide de ti, las cosas podrían escapárseos de las manos», se dijo a sí misma. «¿Es eso lo que quieres?».

Kate dejó la copa en el suelo, salió de la bañera y se dejó envolver en la toalla.

—Eres aún más preciosa ahora que cuando nos casamos —murmuró Trent, mientras la secaba.

—Y tú eres un mentiroso, pero gracias. Supongo que no estoy mal para tener treinta y cinco años, pero…

Él le puso un dedo en los labios.

—Estás preciosa —musitó, abriendo la toalla para acariciarle los pechos—. Y no puedes imaginar cómo te deseo —admitió, deslizando la mirada hasta el triángulo de vello rubio de entre sus piernas.

—A lo mejor puedo imaginarlo. Si me deseas tanto como yo a ti…

—¿Kate?

—¿Un poco de consuelo para nuestras heridas? —susurró ella.

—Llámalo como quieras. Consuelo, deseo, necesidad mutua…

—Solo esta noche —dijo Kate, acariciándole la cara.

No le pediría promesas, no esperaría compromisos.

–Sí, cariño, solo esta noche.

Trent la tomó en brazos para llevarla a la cama. Kate esperaba que se tumbase a su lado, pero fue al baño y volvió poco después con un tarro de crema en la mano.

–Date la vuelta.

Ella obedeció, sin decir nada. Trent se puso crema en las manos y se la extendió por la espalda y los hombros. Kate sintió un escalofrío cuando empezó a extender la aromática crema por sus nalgas...

Cuando estaban casados, a menudo le daba masajes. Y siempre terminaban igual: haciendo el amor.

–Date la vuelta –dijo Trent entonces.

Ella se volvió despacio, sintiendo una mezcla de excitación y flojedad. Sus pechos parecían más pesados, sus pezones estaban duros, suplicando atención. Su femineidad se contraía y se relajaba, creando humedad entre sus piernas.

Trent le puso crema en el estómago y las caderas, sus grandes manos era asombrosamente suaves. Cuando pensaba que no podría soportar tan ardiente atención ni un segundo más, Trent se tumbó sobre ella, su erección le presionaba contra el estómago.

Se besaron. Un beso largo, ardiente, profundo.

–Quiero estar dentro de ti –le dijo al oído–. Quiero tomarte, hacerte mía... –musitó entonces, mordiéndola en el cuello–. Y una vez no va a ser suficiente.

Kate se dejó llevar por el momento, por Trent, por el amor que no había muerto nunca. Mientras él le lamía un pezón, ella le acariciaba la espalda. El sexo del hombre le rozaba el estómago, excitándola aún más.

–Trent, por favor…

–Aún no, cariño.

La exploraba con las manos, con los labios, con la lengua, cada rincón, cada centímetro de su piel. Y cuando pensó que iba a penetrarla, Trent se apartó para tomar algo de la mesilla.

–Le he pedido al director del hotel que subiera preservativos.

–¿En serio?

–En serio.

–¿Qué habrá pensado? –se rio Kate.

–No lo sé. Supongo que pensó que iba a hacerle el amor a mi mujer.

–¿Tu mujer?

–Así es como nos he registrado: señor y señora Winston.

La antigua señora Winston suspiró, abriendo los brazos para recibir al señor Winston.

Trent rompió el paquetito a toda prisa, envolvió su sexo y se volvió hacia ella. Cuando metió la mano por debajo de sus nalgas para levantarle las caderas, Kate enredó los brazos alrededor de su cuello. La penetró de un solo envite. Y ella se sintió en el cielo. De nuevo en los brazos de Trent. Hacer el amor era tan natural para ellos como respirar, como si estuvieran hechos el uno para el otro. Se besaban y se acariciaban sin prisa, intentando que aquello durase lo más posible.

Kate nunca se había sentido tan querida, tan adorada como aquella noche. Cada caricia de Trent, cada movimiento, cada palabra era una forma de adoración. Después de llevarla al borde del orgasmo varias veces y controlarse luego para darle más satisfacción, por fin la dejó hacer algo más que recibir placer. Las caricias eran mutuas, la pasión cada vez más ardiente. Trent empezó a moverse más rápido, penetrándola con fuerza, con urgencia.

El orgasmo la golpeó con la fuerza de una explosión. Aunque estaba dentro de ella, embistiéndola repetidamente, Kate consiguió levantar un poco más las caderas para hundirlo hasta el fondo. Trent llegó al orgasmo con furia, con todo el cuerpo estremecido.

«Te quiero».

Tenía esas palabras en la punta de la lengua. Decirlas sería lo más natural del mundo, pero no podía. No a menos que él las dijese también.

–Dios, Kate, cómo te he echado de menos.

Y ella también. Lo había echado de menos más de lo que nunca hubiera creído.

–Siempre es así entre nosotros, ¿verdad?

—Siempre —contestó, besándolo en la frente.

Esperó en la penumbra de la suite a que él dijera las palabras mágicas. Pero pasaban los minutos y ninguno de los dos dijo nada. Hasta que un golpe en la puerta los sobresaltó.

—Servicio de habitaciones.

—¡Maldita sea! Se me había olvidado —murmuró Trent, saltando de la cama—. ¡Un momento, por favor! —gritó, volviéndose hacia Kate, mientras se ponía los pantalones—. No te muevas de ahí.

Para cuando volvió con el carrito, ella se había puesto el albornoz.

—La cena está servida.

—Menos mal. Estoy muerta de hambre.

—Guarda sitio para el postre —sonrió Trent, guiñándole un ojo.

—No me digas… fresas con nata.

Habían jugado muchas veces con ese «postre» durante su luna de miel.

—No, no había fresas. Pero sí un montón de nata —se rio Trent, mostrándole una tarrina.

Kate soltó una carcajada. Solo su exmarido podía hacer esos pequeños milagros. Solo Trent podía conseguir que dejase de pensar en sus problemas. Solo Trent podía hacerla feliz.

El móvil de Trent sonó a las ocho en punto de la mañana, cuando se estaban vistiendo después de ducharse juntos. Hicieron el amor otra vez por la noche, usando la nata como diversión. Y luego Trent la despertó a las seis para hacerlo otra vez. No podía cansarse de ella. Pero eso no era nada nuevo. Siempre fue así. La pasión nunca había muerto entre ellos, incluso cuando el amor y la confianza empezaron a flaquear.

¿Cómo pudo dejar que Kate se marchase? ¿Por qué no había hecho algo para salvar su matrimonio? Kate era lo mejor que le había pasado en la vida, pero no fue capaz de retenerla después de perder a su hija.

—¿Dígame? —contestó Trent.

—Trent, soy Brenda Farrell. He estado pensando toda la noche y he decidido que lo mejor para Christa es que os conozca. Mi nieta se merece tener unos padres que la quieran y sería muy egoísta por mi parte no hacer algo…

Kate se acercó a Trent y puso la oreja cerca del teléfono.

—¿Quién es? —preguntó en voz baja.

—No te imaginas cuánto me alegra oír eso, Brenda —dijo Trent.

—Pero Christa no quiere cooperar —suspiró la mujer—. Y no creo que sea buena idea que vengáis hoy a verla.

Él apretó los labios.

—¿Cuándo crees que podríamos verla?

—No lo sé. Quizá el día de su cumpleaños.

–El cumpleaños de Mary Kate es el cuatro de febrero.

–Nosotros lo celebramos el día siete. Esa es la fecha que venía en la partida de nacimiento que nos dio la agencia de adopción.

–¿Estás diciendo que podremos ver a Christa el día siete de febrero? –repitió Trent en voz alta para que Kate lo oyese.

–La llevaré a Prospect para que pase allí su cumpleaños. Podemos quedarnos una semana, si os parece bien…

–¡Claro que sí! El tiempo que queráis.

–Hablaré con sus profesores para explicarles la situación. Pero no voy a dejarla en Prospect, Trent. Solo estaremos una semana…

–Claro, claro –la interrumpió él–. Y haremos una gran fiesta de cumpleaños, si te parece bien.

–Sí, bueno… Aunque no demasiado grande.

–Tienes razón. Gracias por todo, Brenda.

–Sé que para vosotros no será fácil esperar unos días más, pero si somos capaces de hacerlo bien, al final ganaremos todos.

–Estoy completamente de acuerdo.

–Volveré a llamarte para pedirte tu dirección –dijo Brenda entonces.

–Muy bien. Puedo enviar un coche a buscaros, si quieres.

–No, gracias. No hace falta.

–Lo que tú digas.

–Si queréis llamarme para preguntar por ella durante estos días, no me importa. Dile a Kate que puede llamar cuando quiera.

–Se lo diré. Y te agradezco muchísimo todo lo que haces, Brenda.

–No quiero que nadie sufra más de lo que ya ha sufrido –suspiró la mujer.

Después de colgar, Trent se volvió para abrazar a Kate.

–¡Brenda va a llevarla a Prospect por su cumpleaños! –exclamó, dando vueltas por la habitación–. Tú y yo vamos a hacerle una fiesta de cumpleaños a nuestra hija.

–Oh, Trent, esto es demasiado bonito para ser verdad...

–Es verdad, cariño. Es verdad.

Entonces la besó y, antes de que ninguno de los dos pudiese hacer nada, estaban de nuevo en la cama, haciendo el amor.

Capítulo Once

El día seis de febrero, Kate llegó a Winston Hall alrededor de la una. Guthrie le dio la bienvenida y le dijo que el señor Winston estaría en el juzgado hasta las tres y que la señorita Mary Belle estaba almorzando en el comedor.

Respirando profundamente, Kate entró en la guarida del león. Para su sorpresa, Mary Belle la recibió con un caluroso abrazo.

—¿Has comido ya? He pedido que pusieran la mesa para dos. Y hoy tenemos croquetas de salmón, tus favoritas.

—Muchas gracias —sonrió Kate, atónita.

La cocinera entró poco después, con dos platos de ensalada.

—Encantada de tenerla de nuevo en casa, señorita Kate.

—Muchísimas gracias.

—Té helado, sin azúcar, ¿no? —sonrió Mary Belle—. Y, de postre, tomaremos tarta de frambuesa.

—Estás siendo increíblemente amable. No sé si entiendo por qué.

—Yo creo que es muy fácil de entender —sonrió la anciana–. Quiero compensar lo que hice mal en el pasado. Nunca quise hacerte daño, ni aumentar los problemas que Trent y tú tuvisteis cuando Mary Kate fue secuestrada... Lo siento, siento mucho haberte hecho daño.

Kate se quedó mirándola, absolutamente perpleja. ¿Quién era aquella mujer y qué le habían hecho a la auténtica Mary Belle Winston?

–Veo que te has quedado sin palabras. Mira, Kate, yo quiero a Trent como si fuera mi hijo y su felicidad es lo único importante para mí. Cuando volvió a Prospect era un hombre feliz. Tan feliz como antes de divorciaros.

–Trent y yo estamos deseando ver a nuestra hija. Supongo que te habrá contado que la primera reunión no fue precisamente bien.

Después de hablar con Brenda, ella volvió a Atlanta y él a Prospect. Pero hablaban por teléfono todos los días.

–Me lo ha contado y es comprensible. Kate, yo también quiero que todo salga bien, así que me gustaría discutir algunas cosas contigo. He mandado que arreglasen dos habitaciones para Christa y su abuela, pero si hay algo que no te gusta, si hay algo que no te parezca bien...

–Mary Belle, has cambiado tanto que no te reconozco –se rio Kate.

–Quiero pensar que no solo soy más vieja, sino más sabia –sonrió la anciana–. Dediqué tanto tiempo a corregirte, a enseñarte lo que era Winston Hall, lo que representaba nuestra familia para Prospect que… quizá no tuve tiempo de demostrarte el cariño que sentía por ti.

–¿Cariño? Pensé que me odiabas.

Mary Belle frunció el ceño.

–Al principio tenía ciertas reservas. No eras uno de los nuestros y… perdóname, pero ya sabes que yo soy muy anticuada. Pero enseguida descubrí que eras una buena persona y, sobre todo, que amabas a Trent. ¿Sigues amándolo, Kate?

Era una pregunta directa, tan directa que tuvo que apartar la mirada.

–¿Tu amabilidad tiene algo que ver con la llegada de Christa?

–No negaré que espero que Trent y tú volváis a estar juntos –contestó Mary Belle–. Sí, espero que Mary Kate os una de nuevo.

–Se llama Christa.

–Es cierto –suspiró la anciana–. Tendré que recordarlo.

–Y no olvides que tiene una abuela.

–Winston Hall es una casa muy grande. Hay sitio para todos, incluida Brenda Farrell.

–¿No te importaría que Brenda viviese aquí?

–Estoy dispuesta a hacer lo que haga falta para que volvamos a ser una familia.

–Comprendo –murmuró Kate. Por primera vez, Mary Belle Winston y ella estaban de acuerdo en algo–. Bueno, dime qué has preparado para la visita de Christa.

Trent llegó a casa diez minutos antes que Brenda Farrell. Apenas había tenido tiempo de darle un beso a Kate cuando vieron un viejo Chevrolet subiendo por el camino.

Con Trent, Kate y Mary Belle esperando ansiosos en el vestíbulo, Guthrie abrió la puerta para recibir a las insignes invitadas.

Brenda prácticamente tenía que empujar a Christa, pero abuela y nieta se quedaron mirando el impresionante vestíbulo con cara de asombro.

–Bienvenidas a Winston Hall. Espero que hayáis tenido un buen viaje –sonrió Trent.

–Sí, gracias –contestó Brenda–. Christa, ¿no vas a saludar?

Ella bajó la mirada.

–Gracias por invitarnos –murmuró. Pero había poca sinceridad en sus palabras.

–De nada. ¿Alguien quiere un refresco?

–No, gracias –contestó la niña.

–A lo mejor quieres que tu madre… que Kate te enseñe tu habitación –sugirió Mary Belle, nerviosa. Christa la miró con gesto interrogante–. Soy tu tía abuela Mary Belle. Nací en esta casa y he vivido aquí toda mi vida. Ésta es tu casa también, ¿sabes? Viviste aquí durante tus primeros meses de vida y te queríamos muchísimo.

—No me acuerdo –dijo Christa–. Mi abuela me ha dicho que… mi madre no me abandonó. Que unas personas me arrancaron de sus brazos.

Kate tuvo que tragar saliva. Quería hablar, pero no era capaz de articular palabra.

—Kate y yo te queríamos mucho –intervino Trent–. Eras nuestra pequeña Mary Kate…

—Ya no soy Mary Kate. Y siento mucho no acordarme de ustedes.

—No pasa nada, Christa –consiguió decir Kate–. Lo único que importa es que estás aquí.

—Mi abuela me ha prometido que será solo una semana.

—Claro. Y luego volverás con ella, te lo aseguro.

La expresión de Christa cambió de inmediato. El miedo desapareció, dejando paso a la curiosidad.

—Nunca había visto una casa tan grande. ¿Es muy vieja?

—Sí, es muy antigua –contestó Mary Belle–. ¿Quieres que Kate y Trent te la enseñen mientras tu abuela y yo tomamos un té?

—¿Abuela?

—Claro que sí –contestó Brenda.

—¿Yo tenía mi propia habitación? –preguntó la niña entonces.

–Por supuesto –sonrió Kate–. Tenías una habitación preciosa.

–Pero ya no estará como antes, ¿no?

Kate miró a Trent. Cuando se marchó de allí, hacía diez años, la habitación de Mary Kate estaba exactamente igual que el primer día.

–Está igual que antes, Christa –contestó él–. Pero mi tía Mary Belle ha preparado otra habitación para ti… decorada especialmente para ti, además.

–¿En serio?

–En serio.

–¿Puedo ver las dos?

–Claro que puedes. Puedes hacer lo que quieras, Christa.

Kate deseó haber hablado antes con Mary Belle para pedirle que no exagerase mucho con la fiesta de cumpleaños. Pero no lo hizo y se encontró con cincuenta invitados, una orquesta, un payaso, una tarta que medía casi dos metros y suficientes regalos para el cumpleaños de diez niñas.

–Me parece que ni la reina de Inglaterra organiza un cumpleaños como este –bromeó Trent.

–Mira la cara de Christa. Está abrumada… como yo, cuando llegué aquí.

Trent le pasó un brazo por los hombros.

–Me recuerda tanto a ti… Pero quizá deberíamos rescatarla.

–¿Podríamos? ¿Crees que Mary Belle se enfadaría si nos la llevamos de este mausoleo?

–No va a enfadarse, estoy seguro. Espera, voy a pedirle permiso a Brenda. Tú ve a hablar con ella.

Kate se acercó a la niña, que miraba alrededor con cara de susto.

–Trent y yo vamos a dar un paseo. ¿Te apetece venir con nosotros?

Christa se levantó de un salto.

–Sí.

Una vez en el Bentley, Kate le pasó un brazo por los hombros, casi temiendo que la rechazara… pero no fue así.

–¿Adónde vamos?

–Me gustaría enseñarte una cosa –contestó Trent–. A ti y a Kate.

–¿Otra sorpresa?

–No exactamente. Es algo para los tres, sobre todo para Kate.

–¿Para mí?

–Sí, es algo que siempre habías querido –sonrió él.

–¿Es más grande que una caja de zapatos? –se rio Christa.

–Sí.

–¿Animal, vegetal o mineral? –preguntó Kate, entrando en el espíritu del juego.

–No es un animal, desde luego.

–Kate, ¿qué es lo que siempre has querido? –preguntó Christa entonces.

–A ti –contestó ella. Le había salido sin que pudiese evitarlo.

La niña pareció estudiarla durante unos segundos.

–Siento mucho que te robasen a tu bebé. O sea, siento mucho que alguien me robase. Supongo que me has echado de menos, ¿no? Eso es lo que dice mi abuela. Dice que Trent y tú me habéis echado mucho de menos y que queréis que sea vuestra hija otra vez…

Kate no pudo contestar. No podía hacerlo.

–Tu abuela tiene razón –dijo Trent por fin–. Nada nos haría más felices que eso.

–Pero no tendría que llamaros papá y mamá, ¿verdad?

–No, cariño. Puedes llamarnos como quieras. ¿Verdad, Kate?

–Por supuesto –consiguió decir ella, después de aclararse la garganta.

Trent había tomado la avenida Madison y se acercaban a la casa Kirkendall. Tenía que ser una coincidencia, pensó.

–¡Qué casa tan bonita! –exclamó Christa entonces, mirando por la ventanilla.

–Ya hemos llegado –sonrió Trent–. Esta es tu sorpresa, Kate.

–¿Cómo? No entiendo…

–¿Esta casa es la sorpresa para Kate? ¿Le has comprado una casa? –se rio Christa.

–Trent, ¿qué has hecho? Había una familia aquí... no les habrás obligado a marcharse para comprar la casa, ¿no?

–Para su información, señora, compré esta casa hace nueve años. Está remodelada y completamente amueblada.

–Trent... la compraste después del divorcio. No entiendo...

–Fue una locura. Pero pensé que quizá algún día... No sé lo que pensé –dijo él entonces, pasándose una mano por el pelo–. Quizá creí que comprando esta casa te retenía de alguna forma.

–¿Cuántos dormitorios tiene? –preguntó Christa.

–Cuatro en el piso de arriba y tres en el piso de abajo. Ah, y cinco baños.

–¡Ahí cabemos todos! –se rio la niña–. Cuando os caséis otra vez, dormiréis en la misma habitación, claro. Y yo tendré la mía. Y mi abuela tendrá la suya. Ah, y a lo mejor tenéis otro niño, ¿no? Siempre he querido tener un hermano.

Kate y Trent se miraron el uno al otro, perplejos.

–¿Y si no nos casamos? –preguntó ella, nerviosa–. ¿Y si yo volviese a Prospect, querríais vivir aquí conmigo?

Christa miró a Trent.

–Pero si queremos ser una familia, Trent también tiene que vivir aquí, ¿no?

–¿Estás diciendo que… que quieres vivir con nosotros? –preguntó él, con un nudo en la garganta.

–Pues… supongo que sí. Pero me gustaría vivir aquí, no en Winston Hall.

Trent tuvo que hacer un esfuerzo para no tomarla entre sus brazos.

–Claro que puedes vivir aquí. Y si no te gusta tu habitación, podemos cambiar los muebles… podemos cambiarlo todo. Pero depende de Kate que yo viva aquí o que venga solo a visitaros.

Christa se acercó a Kate y le apretó la mano.

–Por favor, dile que él también puede vivir aquí.

–Christa, cielo…

–¡Tengo una idea! ¿Por qué no vamos a buscar a mi abuela? Podemos quedarnos aquí el resto de la semana.

–¿Eso te haría feliz? –preguntó Kate.

–Sí, sería el mejor regalo de cumpleaños.

–Entonces, lo haremos. ¿Verdad, Trent?

–Nada me gustaría más –se rio él, pasándole un brazo por los hombros a Kate y el otro por los de Christa, que sonrió, feliz.

Capítulo Doce

Después del invierno llegó la primavera. Los días que Christa estaba de visita en Prospect pasaban volando, pero cuando estaba en Sheffield, a Kate le parecían interminables. Kate y la niña hablaban por teléfono todos los días. También hablaba con Trent, aunque siempre del mismo tema: su hija.

Sabía que estaba a punto de pedirle que se casara con él, pero… Deseaba creer que seguía queriéndola y que se habría casado con ella aunque no hubiesen encontrado a Christa, pero no estaba segura.

Como empezaban las vacaciones de Semana Santa, Brenda y la niña llegarían a Prospect el viernes por la tarde.

Kate llegó un día antes y se dedicó a arreglar la casa de la avenida Madison para ellas. Por la noche, cenó con Trent y acabaron haciendo el amor. Cada vez le resultaba más difícil no decirle lo que sentía por él…

–Me gustaría quedarme aquí con vosotras estos días –le dijo Trent.

–Puedes quedarte, pero no podemos acostarnos juntos. No creo que a Brenda le pareciese bien. Es un poco anticuada, como tu tía.

—Dormiré en el porche si es necesario —se rio él—. Pero quiero estar aquí, contigo y con mi hija. Hemos perdido tantos años que no quiero perder ni un segundo más.

—Oh, Trent… Brenda me ha dicho que si esta visita sale tan bien como las anteriores, es posible que Christa esté preparada para venirse a vivir aquí.

—Si es así, ¿no crees que deberíamos tomar algunas decisiones sobre nuestro futuro?

—No, es mejor esperar a ver qué pasa.

Lo había retrasado de nuevo pero, tarde o temprano, tendría que enfrentarse a lo inevitable. Solo era una cuestión de tiempo.

Mary Belle llegó poco después con un gran ramo de flores.

—¿Dónde pongo esto?

—En la habitación de Brenda —contestó Kate.

—Una cosa… he pensado en pedirle que se venga a Winston Hall conmigo. Así podréis estar a solas con Christa.

Kate dejó escapar un suspiro.

—Sé que lo haces con buena intención, pero es mejor que no digas nada.

—Pero tú eres su madre. Y si Brenda no te deja sola con la niña…

—Mary Belle, para Christa nunca seré su madre. Hay que aceptarlo y ya está.

–¿Hay alguien ahí? –oyeron entonces la voz de Trent.

–¡Estamos arriba! ¿Has traído los batidos de fresa?

Él subió las escaleras de dos en dos.

–Los batidos de fresa, los cereales, el chocolate… todo lo que me has pedido. No te preocupes, todo estará perfecto.

–Nada estará perfecto hasta que os caséis –suspiró Mary Belle.

Hubo un silencio.

«Por favor, Trent, di algo».

–Tía, por favor, no te metas en esto.

Kate respiró. Pero Mary Belle fue tras ella cuando entró en la habitación de Christa.

–¿Por qué no quieres casarte con Trent?

–¿Cómo?

–No te hagas la tonta. No quieres casarte con mi sobrino. Trent lleva un mes paseándose por todas partes con un anillo de compromiso en el bolsillo. ¿Por qué no le has dicho que sí?

–¿Trent tiene un anillo de compromiso? ¿El mío, el que me compró hace años?

–El mismo –suspiró Mary Belle–. Todo Prospect sabe que sacó el anillo y las alianzas de la caja fuerte del banco hace semanas.

Kate soltó una carcajada.

–¿De qué te ríes, hija?

–No me ha pedido que me case con él.

–¿No?

–No.

–Qué raro.

–¿Por qué?

–¿Lo has desanimado? Sí, ¿verdad? ¿Por qué, Kate? –suspiró Mary Belle.

–¿Por qué qué? –dijo Trent entonces, entrando en la habitación.

Kate y Mary Belle dieron un respingo.

–Voy a tener que ponerte un cascabel –dijo su tía.

–Perdón. ¿he interrumpido algo?

–Pues sí. Kate, me gustaría que vinierais a comer a Winston Hall el domingo después de misa.

–Muy bien, tía Mary Belle –sonrió ella.

La anciana desapareció, con la excusa de que tenía que bañarse y vestirse para una reunión con los miembros de la Sociedad Histórica de Prospect.

–Antes de que lleguen Christa y Brenda, quiero preguntarte una cosa –dijo Trent entonces.

«No me pidas que me case contigo ahora. No sé si podría decirte que sí. Aún no».

–Dime.

–Kate… –murmuró él, sacando un anillo de compromiso. Era un anillo de esmeraldas y diamantes– aceptaste este anillo una vez y espero que lo aceptes de nuevo.

–Yo…

144

–Déjame terminar. Kate, ¿quieres casarte conmigo otra vez?

Antes de que pudiera contestar, Trent le puso el anillo en el dedo.

Kate lo amaba con toda su alma. Además, casarse con él sería lo mejor para Christa, pero esa era precisamente la razón por la que dudaba. No quería que Trent se casara con ella solo por eso.

–¿Por qué quieres casarte conmigo?

Él la miró, sorprendido.

–¡Yuhu! –oyeron entonces la voz de Brenda en el piso de abajo–. ¿Hay alguien en casa?

–Son ellas –murmuró Kate–. Llegan temprano.

–¡Estamos arriba! –gritó Trent.

–¡Bajamos enseguida!

–Espera… dime sí o no.

–Más tarde –sonrió Kate, corriendo escaleras abajo. Más que nada en el mundo le habría gustado abrazar a su hija, pero, a pesar de los progresos, había una barrera entre ellos.

–Hola –la saludó Christa–. Hemos salido antes de Sheffield porque han cerrado el colegio a las doce.

–Me parece estupendo –sonrió Kate–. Voy a por vuestras maletas.

–No hace falta que traigas la mía –dijo Brenda–. Voy a quedarme en Winston Hall, con Mary Belle.

Kate miró a su hija.

–¿A ti te parece bien?

–Claro. Lo hablamos anoche. Mi abuela piensa que debo pasar más tiempo con vosotros.

–¿La tía Mary Belle ha tenido algo que ver con esto?

Brenda soltó una risita.

–No te enfades con ella. Me llamó el otro día para sugerirlo y creo que tiene razón. Yo soy la abuela de Christa y eso no puede cambiarlo nadie. Pero ahora tiene a sus padres… y debe conocerlos un poco mejor.

Trent asintió, encantado.

–¿Por qué no vais al salón mientras yo me encargo de las maletas?

–¿Podrías llevarme a Winston Hall? –preguntó Brenda.

–Ahora mismo.

–Muy bien. Christa, pórtate como es debido. Y tú, Kate, tenla a raya. Es muy lista y sabe que Trent y tú haríais lo que fuese necesario por complacerla.

–¡Abuela!

–Es la verdad y lo sabes.

Después de despedirse, Kate llevó a la niña a la cocina.

–¿Quieres un batido?

–¿De fresa?

–Tenemos de fresa y de chocolate.

–Ay, qué bien. Kate, eres la mejor… ¡Anda! ¿Y ese anillo?

–¿Qué? Ah, es el anillo que me regaló tu padre cuando me pidió que me casara con él… por primera vez.

–¿Vais a casaros otra vez?

–¿Te gustaría?

–Ya sabes que sí, Kate.

–Bueno… estamos hablándolo. Pero aún no hemos tomado una decisión.

–Si volvéis a casaros, yo podría llevar las arras, ¿no? –se rio Christa entonces.

–Sí, claro que sí.

«Trent, ¿qué voy a hacer? Te quiero y quiero casarme contigo. Y a nuestra hija le gustaría. Pero no me has dicho que me quieres y necesito oírlo. Trent, necesito oír esas palabras».

Fue un día perfecto. La clase de día con el que Kate había soñado durante años. Su marido, su hija… cenaron en la cocina y Christa la ayudó a meter los platos en el lavavajillas. Se sentaron luego en el porche para ver anochecer y, más tarde, vieron una película, sentados los tres en el sofá.

Cuando dieron las once, Kate decidió que era hora de irse a la cama.

–¿Tan temprano? –protestó la niña.

–Son las once, gamberra –se rio Trent–. Venga, sube a tu habitación.

–Te he comprado un pijama nuevo en Atlanta. Está en el primer cajón de la cómoda –sonrió Kate.

Christa se puso a dar saltos.

–¿Es el amarillo que te dije?

–Podría ser.

–¡Eres la mejor! –exclamó la niña, echándose en sus brazos.

Kate pensó que se iba a morir de felicidad cuando su hija la abrazó. Luego, mientras la veía subir las escaleras como un torbellino, Trent la agarró por la cintura.

–Te ha gustado, ¿eh?

–Mucho. Trent, soy tan feliz…

–Yo también, cariño. Yo también.

–Sé que tenemos que hablar –suspiró Kate entonces–. Sobre esto –añadió, señalando el anillo–. Pero, ¿no podríamos dejarlo para mañana? Quiero subir a ver cómo le queda el pijama y luego… me gustaría charlar un rato con ella. Ya sabes, una charla de chicas.

Trent la empujó suavemente hacia la escalera. Pero cuando estaba a medio camino, Kate se volvió.

–Te quiero.

Él cerró los ojos un momento, con una expresión… rara. Luego volvió a abrirlos, pero no dijo nada.

¿Significaba eso que la quería? ¿Cómo iba a leer sus pensamientos?, se preguntó ella, dolida.

***

Kate permaneció despierta largo rato. ¿Qué iba a hacer, decirle que sí? Daba igual que Trent no hubiese dicho que la amaba. Se lo había demostrado de innumerables maneras. No solo la hacía sentirse querida, también hacía todo lo posible por verla feliz.

«Y no olvides que compró esta casa para ti. La casa de tus sueños», se dijo a sí misma. La compró nueve años antes, esperando conservar algo suyo, esperando compartirla con ella algún día. Y la había puesto a su nombre.

¿Qué más tenía que hacer para demostrarle su amor?

Kate saltó de la cama y se puso la bata de seda. Cuando se dirigía a la puerta, oyó unos pasos…

–¿Kate?

Ella abrió, sorprendida. Trent estaba en el pasillo, con el pantalón del pijama y el albornoz a medio abrochar.

–¿Qué haces aquí?

–Christa está dormida…

–¿No puedes esperar hasta mañana para saber la respuesta?

–Puedo esperar hasta mañana para eso –contestó él, cerrando la puerta–. Pero no puedo esperar para hacer el amor.

–A mí me pasa lo mismo. Iba a buscarte –sonrió Kate.

Cayeron sobre la cama, riendo y besándose al mismo tiempo. Hicieron el amor como locos, como si su vida dependiera de ello. Después, se quedaron abrazados, jadeantes y sudorosos.

–Kate, Kate...

–Te quiero, Trent.

–Yo...

El grito los hizo saltar de la cama.

–¡Es Christa! –exclamó Kate, poniéndose la bata a toda velocidad–. Está llorando.

–Debe de tener una pesadilla –dijo Trent, buscando su pijama.

Corrieron juntos por el pasillo hasta la habitación de la niña y, cuando abrieron la puerta, Christa estaba dando manotazos al aire. Por instinto, Kate se metió en la cama para abrazar a su hija.

–No pasa nada, cariño. Mamá está aquí, no te preocupes. No pasa nada, Christa. Nadie va a hacerte daño...

Trent se quedó de pie al lado de la cama hasta que, poco a poco, la niña fue calmándose.

–Así, cariño, duerme. Mamá está aquí. Y nunca dejaré que nadie vuelva a hacerte daño.

Christa abrió los ojos entonces.

–He tenido una pesadilla.

–Lo sé, cielo. Pero solo era un sueño.

–He soñado que estábamos todos juntos, viviendo aquí, en esta casa... –murmuró Christa, alargando la mano para buscar la de Trent–. Papá... había una persona que intentaba sacarme de aquí, pero mamá y tú se lo impedíais. Mamá me abrazaba y decía que me quería...

Kate no pudo contenerse más y se puso a llorar. «Gracias, Dios mío, gracias». Christa la había llamado mamá y había llamado papá a Trent. Llevaba doce años soñando con aquel momento.

–Los dos te queremos –dijo él–. Tu madre y yo te queremos mucho. ¿Y sabes por qué? Porque eres mía y de ella. Y porque eres especial, Christa. La niña más especial del mundo.

Kate le apretó la mano.

–La respuesta es sí –dijo en voz baja.

Trent se inclinó para darle un beso en la frente. Pero cuando iba a darse la vuelta, Christa le llamó:

–No te vayas, papá.

–Muy bien, me quedaré –sonrió él, sentándose en el sillón–. Me quedaré para vigilar. Y ahora, a dormir las dos.

Christa apoyó la cara en el hombro de Kate.

–Duerme conmigo esta noche, mamá.

–Claro que sí, cariño.

–Vas a casarte con papá, ¿verdad?

–Sí, voy a casarme con él –se rio Kate.

–Y yo voy a llevar las arras, ¿verdad?

–Por supuesto.

–Y yo voy a ser el hombre más afortunado del mundo –se rio Trent.

–Los tres somos afortunados –dijo Kate–. Somos una familia de nuevo.

Por fin.

Epílogo

–¡Ya están aquí! –gritó Christa Winston, bajando los escalones del porche a todo correr.

Kate abrió los brazos para recibir a su hija.

–¿Cómo estás, cariño?

–Muy bien, mamá. ¿Puedo llevar a uno en brazos?

–Elige, ¿a Bay o a Belle? –sonrió ella, señalando las sillitas de seguridad que habían colocado en el asiento trasero del Bentley.

–A Belle –contestó Christa–. Que para eso somos hermanas.

–¿Sabes una cosa? Se parece muchísimo a ti cuando eras pequeña.

–¿En serio? Deberías ver tu habitación, renacuaja –se rio su hija, tomando a la niña en brazos–. Mamá y papá se han vuelto locos comprándote cosas. Y a Bay, claro. Ya verás, de mayor seguro que acaba jugando al fútbol con papá. Pero yo te llevaré al baloncesto, que es lo que mola de verdad. Vas a ser una campeona.

Trent tomó a su hijito recién nacido en brazos.

–¿Quién sabe? Los milagros existen. Nosotros somos la prueba de ello.

–Desde luego –se rio Kate.

–Venga, daos prisa –protestó Mary Belle desde el porche–. ¿No querréis dejar a esos pobres niños al sol? Hay más de cuarenta grados.

Christa entró con Belle en casa, donde la esperaban Brenda y Mary Belle, que se deshicieron en carantoñas.

Kate se quedó boquiabierta al ver los ramos de flores que decoraban el vestíbulo. Había flores de todo tipo, colocadas en jarrones, en cestas, en botellas de vidrio…

Evidentemente, el estilo decorativo de Mary Belle se había mezclado con la exuberancia juvenil de Christa.

Kate tuvo que sonreír. Se sentía más feliz que nunca. Tenía a su hija, Christa, y a sus recién nacidos, Belle y Bay. Bay tenía el pelo oscuro como su padre y los ojos azules de su madre. Brenda Belle se parecía a Christa, con el pelo rubio y los ojos castaños.

Después de dejarlos en sus cunitas, Christa, sus padres, Brenda y Mary Belle se quedaron mirándolos, emocionados.

–Los niños son asombrosos –murmuró Brenda–. Yo hubiese querido tener más hijos, pero no pudo ser –sonrió, agarrando a su nieta por la cintura–. Aunque Dios me bendijo con esta niña tan preciosa.

–Y ahora tienes dos nietos más –se rio Christa–. ¿Verdad, mamá?

—Claro que sí. Estos niños tienen dos abuelas, Brenda y Mary Belle.

—Voy a llamar a Shelley y a Alexa para que vengan a conocer a mis hermanos. ¿Puedo, papá?

—Por supuesto que sí. Y ahora, señora Winston, usted debe descansar un poco. Ha tenido una semana muy ajetreada.

—Brenda y yo estaremos en el salón —sonrió Mary Belle.

Trent y Kate las oyeron parlotear por la escalera y tuvieron que sonreír. La abuela de Christa y la tía de Trent se habían hecho amigas enseguida y lo pasaban muy bien viviendo juntas en Winston Hall.

El año anterior, Kate pensó que no podría ser más feliz, que tenía todo lo que podía desear su corazón. Y entonces descubrió que estaba embarazada… de gemelos, nada menos.

Trent la llevó a su habitación y la ayudó a quitarse la ropa.

—Descansa un rato.

—Quédate conmigo.

—Si me quedo contigo, no descansarás.

—Claro que descansaré. Ya sabes que no podemos «jugar» hasta dentro de unas semanas —se rio Kate—. Pero quiero que me hagas mimos.

—Amor mío, voy a hacerte mimos durante el resto de mi vida —sonrió él, acariciándole el pelo—. Te quiero, Kate. Te quiero tanto que me duele.

–Yo también, mi amor –suspiró ella.

La vida no podía ser más hermosa. Después de tantos años de soledad, de dolor, Kate y Trent habían recibido un precioso regalo: una segunda oportunidad para ser marido y mujer. Y para ser padres.

UNA BODA INOLVIDABLE

ROBYN GRADY

Scarlet Anders, que pertenecía a la élite de Washington y tenía una empresa de organización de eventos, siempre había tomado decisiones correctas, hasta que conoció al duro y sexy multimillonario Daniel McNeal y deseó poder tomar otras decisiones.

Entonces, un tropiezo con un velo de novia hizo que todo cambiase. Al perder la memoria, Scarlet se convirtió en una mujer despreocupada y decidió acceder a tener una aventura con Daniel. No obstante, cuando empezó a recordar, se dio cuenta de que estaba enamorada de él. ¿Aceptaría Daniel que ella organizase su propia boda?

El recuerdo de la pasión

Acepte 2 de nuestras mejores novelas de amor GRATIS

¡Y reciba un regalo sorpresa!

Oferta especial de tiempo limitado

Rellene el cupón y envíelo a
Harlequin Reader Service®
3010 Walden Ave.
P.O. Box 1867
Buffalo, N.Y. 14240-1867

¡Sí! Por favor, envíenme 2 novelas de amor de Harlequin (1 Bianca® y 1 Deseo®) gratis, más el regalo sorpresa. Luego remítanme 4 novelas nuevas todos los meses, las cuales recibiré mucho antes de que aparezcan en librerías, y factúrenme al bajo precio de $3,24 cada una, más $0,25 por envío e impuesto de ventas, si corresponde*. Este es el precio total, y es un ahorro de casi el 20% sobre el precio de portada. ¡Una oferta excelente! Entiendo que el hecho de aceptar estos libros y el regalo no me obliga en forma alguna a la compra de libros adicionales. Y también que puedo devolver cualquier envío y cancelar en cualquier momento. Aún si decido no comprar ningún otro libro de Harlequin, los 2 libros gratis y el regalo sorpresa son míos para siempre.

416 LBN DU7N

Nombre y apellido	(Por favor, letra de molde)

Dirección	Apartamento No.	

Ciudad	Estado	Zona postal

Esta oferta se limita a un pedido por hogar y no está disponible para los subscriptores actuales de Deseo® y Bianca®.
*Los términos y precios quedan sujetos a cambios sin aviso previo.
Impuestos de ventas aplican en N.Y.

SPN-03

©2003 Harlequin Enterprises Limited

**Era un hombre acostumbrado a salirse con la suya,
¡y ella estaba a su merced!**

Después de haber sido
cruelmente abandonada
por su prometido, Vivienne
Swan dejó su trabajo como
diseñadora de interiores y
se encerró en su casa para
sufrir en silencio. Sin embargo, la intrigante oferta
de Jack Stone, un rico
constructor que hasta ese
momento no había conse-
guido seducirla, le resultó
demasiado tentadora y la
hizo salir de su encierro.
Al trabajar codo con codo
con Jack en su último pro-
yecto, Vivienne se sacó de
la cabeza a su ex, ¡reem-
plazándolo con eróticas
fantasías sobre su nuevo
jefe! Una aventura con
Jack podía ser muy placen-
tera, aunque implicaba jugar con fuego.

El Capricho de Francesco

Miranda Lee

Deseo

UN PLAN IMPERFECTO

BRENDA JACKSON

Stern Westmoreland nunca había cometido un error... hasta
que decidió ayudar a su mejor
amiga, Jovonnie Jones, a hacerse un cambio de imagen... para
otro hombre.

A partir de ese momento, Stern
decidió que la quería para sí mismo. La atracción entre ellos era
innegable y solo había una forma de ponerla a prueba: pasar
una larga y ardiente noche juntos como algo más que amigos.

Una prueba difícil de superar

¡YA EN TU PUNTO DE VENTA!